TOMMIE GOERZ

MEIER

Kriminalroman

ars vivendi

Die nachfolgende Geschichte ist frei erfunden. Nichts und niemand entspricht Vorkommnissen oder Personen in der Wirklichkeit. Etwaige Übereinstimmungen sind rein zufällig und nicht beabsichtigt.

Originalausgabe

4. Auflage Mai 2021
3. Auflage September 2020
2. Auflage August 2020
1. Auflage Februar 2020
© 2020 by ars vivendi verlag
GmbH & Co. KG, Bauhof 1,
90556 Cadolzburg
Alle Rechte vorbehalten
www.arsvivendi.com

Druck: Druck: CPI buchbücher.de GmbH, Birkach
Printed in Germany

ISBN 978-3-7472-0111-4

Meier

Die Welt des Glücklichen
ist eine andere Welt
als die des Unglücklichen.

Ludwig Wittgenstein,
Tractatus logico-philosophicus, 6.43

I

War es Montag oder Dienstag? Noch Juli oder schon August? Es ist erschreckend, wie die Tage ineinanderfließen und jede Kontur verlieren, wenn man nichts vor sich hat als eine Wand. Verputz mit altgelber Ölfarbe, an etlichen Stellen abgeplatzt oder weggekratzt, bekritzelt oder eingeritzt von anderen, die vor ihm hier gewesen waren. Gesessen hatten. Die Wand angestarrt hatten. Tage-, oft wochenlang. So wie er, immer mal wieder. So ist es im *Loch*, wie sie es nennen. Aber allemal besser, als bei den anderen zu sein, zumindest für ein paar Tage. In seinen ersten Jahren ließ er sich immer mal wieder dahin verlegen, wenn er die anderen nicht mehr ertrug. Alle paar Monate, wenn er seinen Moralischen hatte. Die Einsamkeit unter Leuten, auch die Hilflosigkeit. Vier waren sie in der Zelle, drei Jahre lang. Zwei Stockbetten, zwölf Quadratmeter. Stinkende Männer. Beschränkt, primitiv und aufreizend vulgär. Eigenverachtung mit Stärke verwechselnd. Rülpsend, rotzend, schniefend, hustend, schnarchend, hohl redend. Furzend und sich stöhnend entleerend hinter der kotbeschmierten Stellwand. Ein Dealer, ein Totschläger, ein Betrüger und er, ein Mörder. War er nicht, hatte ihm aber zwölf Jahre eingebracht. Und erst einmal das Bett oben rechts, über dem Dealer.

•

Nach drei Jahren, endlich, bekam er eine Einzelzelle, Luxus in diesem Knast. Meier, der Mörder. Frauenmörder. Erdrückende Beweise.

•

Dreiviertel sechs Wecken, sechs dreißig Frühstück, ab sieben Uhr arbeiten. Schreinerei oder Systemdübel montieren, Putzdienst, Wäscherei oder Küche, wenn du Glück hattest vielleicht Bibliothek. Zwölf Uhr Mittagessen, siebzehn Abendessen, zweiundzwanzig Licht aus. Eine Stunde Hofgang, dreiundzwanzig Stunden am Tag weggesperrt, sieben Tage die Woche, dreihundertfünfundsechzig Tage im Jahr. Pfefferminztee am Abend? Musstest du einen Antrag stellen. Der oft Wochen dauerte oder den sie einfach verschlampten. Aber sie hatten die Schlüssel, also die Macht. Man fühlte sich abhängig, ausgeliefert, hilflos. Auch oft erniedrigt, entrechtet, entehrt. Verstanden sie aber nicht, dafür hatten sie kein Gespür. Verschanzten sich hinter der Vorschrift. Zwei Euro nahmen sie dir für die Kanne, dreiviertel Liter, meist lauwarme Plörre. Ein ausgelutschter Beutel. Wenn du dich beschwertest, brauchtest du die nächsten Wochen überhaupt keinen Antrag mehr zu stellen. Ein Buch? Genau das Gleiche. Etwas zum Schreiben? Zum Malen gar? Ohne Geld konntest du alles vergessen. Mit einem Schein ging vieles und schnell, mit zweien sofort. Aber wenn du keinen hattest? Niemanden draußen, der dich unterstützte? Sich alle abgewendet hatten? Dann konntest du nur abwarten. Sitzen, die Wand anstarren, überlegen, ob es Montag oder Dienstag war. Da war die Einzelzelle nicht anders als das Loch, nur komfortabler. Nein, weniger unkomfortabel.

•

Du konntest nicht mehr über dein eigenes Leben entscheiden. Sie hatten es in der Hand. Es sich genommen.

•

Seit Jahren hatte er keinen Baum mehr gesehen. Keinen Weg, der hinaus in die Felder führte, in die Weite.

•

Manchmal stellte er sein Blechgeschirr ins Becken und ließ das Wasser laufen. Um das Glucksen zu hören, ihm zu lauschen. Wasser macht ein so reiches Geräusch, wenn man hinhört. Geräusch von Freiheit und Ferne. Und dann, zuverlässig wie das Amen in der Kirche, kam immer der Wachmann und drehte es wieder ab. Machte Meldung, und wenn Meier Pech hatte, wanderte er wieder für zwei Tage ins Loch. Montag ... Dienstag ... Wasserverschwendung warfen sie ihm vor. Mutwillen, Renitenz, Provokation, Wiederholungstat. Wasserglucksen? Das wollten sie einfach nicht kapieren. Oder wollten sie ihn quälen? Konnte er manchmal denken. Aber es war nur Vorschrift, sie verstanden nichts. Halb so schlimm, musst du aushalten, dachte er nur. Trotzdem: Manchmal war ihm, als wollten sie ihm noch das Letzte nehmen, ihn klein machen, beugen, brechen.

•

Zwölf Jahre hatte er Zeit für Pläne. Nachdenken über Gerechtigkeit, Phantasien der Wiedergutmachung. Geduld üben, Genügsamkeit, Grübeln, Leben in der Warteschleife, auf dem Abstellgleis.

Warten als Lebenssinn. Liegestütze, Kniebeugen, Sit-ups und wieder Liegestütze. Laufen auf der Stelle, ein Seil zum Seilhüpfen genehmigten sie ihm nicht. Könnte er sich ja mit aufhängen. Kniebeugen, Sit-ups, Warten. Phantasieren. Schuldige ausmachen, Mitschuldige, und vielleicht stellen. Rache üben vielleicht, zumindest der Gedanke daran schmeckte ja süß. Tit for Tat? Er war davon nicht überzeugt, aber der Gedanke schmeckte, hatte etwas Süßes. Süßliches. War nicht so gut.

•

Und immer wieder beobachten, fragen, studieren. Die Geschichten der anderen anhören, die hier waren. Wie viel haben sie gekriegt? Warum sind sie rein? Was haben sie gemacht, was richtig, was falsch? Was bedacht und was nicht? Geplant gehandelt oder im Affekt? Wie stark ist der Zufall, und ist er kalkulierbar? Bleibt ihnen was, wenn sie rauskommen, oder bleibt ihnen nichts? Was steht ihnen bevor, und was erwartet sie? Denken sie drüber nach oder nicht? Mit Mut oder ohne? Oder sollten sie vielleicht besser nicht wieder raus? Bei manchem, meinte er, wäre das besser. Auch: Was können sie, was kannst du nicht, was kannst du von ihnen lernen? Was wissen sie, was können sie dir zeigen? Es war ein umfassendes Studium, das er hier betreiben konnte. Und musste, wenn er klug war. Viel Interessantes fürs Leben, das du sonst nirgends lernst. Fürs Leben draußen, danach. Wenn sie ihm endlich die Türen öffneten hier.

Zweimal in der Woche Duschen. Graue Klamotten, die dir nicht gehörten. Und nicht passten, nie, viel zu groß. Machten die das extra? Ist nichts anderes da, hieß es nur, tut uns leid, aber hier ist auch keine Modenschau. Übertrieben lautes Gelächter, hilfloses. Hättest du Wut kriegen können, half aber nichts. Sie hatten ja das Recht.

•

Alles hat seine Geschichte, und nichts fängt bei Null an. Nichts kommt aus dem Nichts. Zwei Jahre vor der erschlagenen Frau war ein Kind verschwunden in der Nachbarschaft. Aus dem Schulbus gestiegen mittags, hatte die Straßenseite gewechselt und war weg. Einfach so, am helllichten Tag. Alles hatten sie abgesucht damals, jeden Stein umgedreht. Drei Wochen später hat ein Hund unten am Fluss angeschlagen. Da lag der Leichnam, halb bekleidet. Den Schulranzen fand man später auf dem Müll. Das Mädchen war gefesselt worden, geknebelt, geschlagen, missbraucht, dann erdrosselt und notdürftig verscharrt, unter Zweigen und Laub. Warum war das beim Suchen nicht aufgefallen? Schlampig gesucht? Warum hatte die Wärmebildkamera vom Hubschrauber herunter den Leichnam nicht entdeckt? Aber was spielt das für eine Rolle, das Mädchen war tot. So fing es eigentlich an.

•

Aber wer macht so etwas? Man weiß es bis heute nicht, der wahre Täter wurde nie gefunden. Aber seine DNA hatten sie genommen damals. Meiers. Die aller Männer im Umkreis. Aller, die das freiwillig taten. Natürlich war der Täter nicht mit dabei, klar nicht, der hätte ja mit Blödheit geschlagen sein müssen. Aber so hatten sie seine DNA. Im Computer. Identisch mit der auf den zwei Kippen.

Die man dort gefunden hatte, wo er nie gewesen war. Glaubte ihm aber keiner. Zwei Kippen mit DNA sind ein Beweis.

•

Überlautes Klopfen eines Tages, plötzlich. Standen zwei vor der Tür, zeigten ihm einen Wisch. Den er nicht lesen konnte, seine Brille lag auf dem Tisch. Die er nicht holen durfte. Draußen standen noch mehr.

Handschellen wie im Film, viel zu eng eingerastet, schnitten ein. Arme verdreht. Mitkommen!

Rein ins Auto, rumgeschubst, Kopf runtergedrückt.

Klappe halten.

Verhör. Unterschrift, bitte. Immerhin bitte.

Er unterschrieb nicht, keine Brille. Konnte ja nicht lesen, was da stand.

Sie müssen.

Nein. Einen Anwalt.

Später. Erst Ihre Unterschrift.

Aber ich kann das nicht lesen.

Dann gibt es auch keinen Anwalt.

Alles ungesetzlich, alles scheinbar ganz normal. Schien zumindest niemanden zu stören. Hast du keine Chance, auch später nicht. Glaubt dir ja keiner, du allein gegen drei Bullen, denn Bullen haben immer recht, vor jedem Richter. Weil sie glaubhaft sind, du nicht. Auch hier schon das Lachen. Die hier aber hatten ihren Spaß, waren gemein, ließen ihn ihre Macht spüren, die sie genossen. Abführen!

Aber ich habe doch nichts getan!

Das sagen sie alle.

Aber ...

Nichts aber, wir haben Beweise. Fürsattl hieß der Schärfste von denen. Schien ihn zu hassen, keine Ahnung, warum. Fürsattl war bösartig, allein schon der Blick. Es gibt solche Menschen, auch hier beim Knastpersonal. Da aber nur wenige.

•

Untersuchungshaft. Da wollten sie ihn zu einem Geständnis bewegen. Zwingen.

Nein!

Schweigen Sie ruhig, wir haben Beweise. Zwei Zigarettenkippen seiner Marke am Tatort, mit seiner DNA. Stuyvesant. Raucht heute doch kaum jemand mehr. Keine Ahnung, wie die dorthin gekommen waren. Meier war nie an diesem Ort gewesen. Hatte auch die Frau nicht gekannt, woher auch. Ne Lehrerin. Attraktiv.

Auch der Prügel mit dem Blut. Alter Baseballschläger. Mit DNA – mit Resten nur, weil der Stock drei Tage im Feuchten gelegen hatte, aber doch noch genug. Mikrospuren. Können die jetzt alles finden und verwerten. War ja auch kein Wunder, das mit der DNA. War ja sein Schläger. Stand in der Garage gleich rechts. Hatte er gestanden. Bis jemand den Schläger mitgenommen hat. Kurz vorher hatte er ihn erst benutzt. Auf der Leiter gestanden und die trockenen Äste vom Nussbaum abgeschlagen, die unteren zumindest, soweit er eben mit dem Prügel kam.

Ja, Reste von dem Nussholz hatten sie auch gefunden. Unter dem Blut. Und am Hirn dieser Frau, das aus dem Kopf gedrungen war. Nussholzspuren aus seinem Garten. Zweifelsfrei überführt.

Zwischen elf und halb eins in der Tatnacht? Hatte er ferngesehen, natürlich allein. Aber das ist kein Alibi. Schlecht, wenn man alleine lebt.

Wo der Transporter sei von der Frau, wollten sie wissen. Er wusste ja gar nicht, dass sie einen Transporter hatte. Peugeot Partner 1900, Baujahr 2003. Diesel, rot. Anhängerkupplung. Ist nicht wiederaufgetaucht. Bis heute nicht. *Partner*, wie sinnig. Und zynisch.

Den haben Sie in einem Weiher versenkt wegen dem Blut. So sprachen sie mit ihm.

Nein.

Geben Sie's ruhig zu.

Ich kann nichts zugeben, wovon ich nichts weiß. Was ich nicht getan hab.

Ach, warten Sie nur lange genug ab, der taucht schon wieder auf. Sie lügen ja doch nur.

.

•

Fernsehen konntest du. Wenn du dir einen Fernseher liehst. Einen Antrag stelltest und zwei, drei Wochen wartetest. Oder länger. Und du das Geld hattest.

•

Tage sind lang, wenn sie einem nicht viel bieten. Wenig Eckpunkte haben. Er gewöhnte sich nicht daran. Aber er blendete es aus, schaltete sich ab, fuhr sich runter. Dachte sich weg. War im Kopf unterwegs, draußen. Das nahm den Druck raus.

Und er plante.

•

Nach zwei Jahren wusste er, wie was lief, hatte seinen Platz gefunden zwischen all den Kollegen. Bayern, Sachsen, Tschetschenen, Hessen, Österreichern, Russen, Senegalesen. Gestrandeten. Zuhältern, Mördern, Schlägern, Dealern, Betrügern. Erobert, erkämpft. Nach Wunden und Unterwerfung, Schmerzen und Unsäglichem, Unsagbarem und Zuträgerdiensten. Musste jeder durch als Neuling. Mancher wurde vergewaltigt, bis aufs Blut, vor allem die Kleinen, Knabenhaften. Anderen wurde ins Essen uriniert, manchmal einer mit Kot beschmiert nachts, alles war dabei, wie im Film. War ja auch einer, der hier lief, nur ein schlechter, aber live. Kaum einer half einem dann, alle schauten weg, bis auf ganz wenige. Dein Problem, musst du durch. Als Opfer hattest du hier keine Verbündeten, beim Wachpersonal schon gar nicht. Als ob die blind wären, zumindest taten sie so. Und wehe, wenn einer Meldung machte, sich beschwerte. Selbstmord, hieß es dann hinterher, hat sich am Fensterkreuz aufgehängt. Oder Freitod, das klang besser. Nach Freiheit und freier Entscheidung. Er hat es nicht mehr ertragen, so eingesperrt. Auch Depression, hieß es manchmal, aus Liebeskummer, der wollte raus. Nein, keiner hatte je etwas gesehen oder bemerkt. Alle hatten geschlafen, geschnarcht, da hört man doch nichts. Ist doch für uns auch nicht schön, einer so am Fensterkreuz gleich früh am Morgen. Auf nüchternen Magen. Da denkst du doch noch an nichts – und dann das! Kehliges Männerlachen, unbeholfen. Aber kein bisschen verlegen oder schuldbewusst, da waren sie dann gute Schauspieler. Taten sogar betroffen, einige auch leidend. Das hat doch keiner gewollt, nie! Zweimal ist das vorgekommen, allein im ersten Jahr. Dann hat er nicht mehr gezählt. Es nicht mehr beachtet. Meier hatte sehr schnell verstanden. Wenig von alldem dringt je nach außen, Gefängnismauern sind dick. Und du sitzt dann da, schweigst, starrst an die Wand. Erwartest den nächsten Vorfall, und manchmal weißt du schon, wen es treffen wird. Nein, kein Flurfunk, Gespür.

·

»Im Vollzug der Freiheitsstrafe soll der Gefangene fähig werden, künftig in sozialer Verantwortung ein Leben ohne Straftaten zu führen (Vollzugsziel).« §2, Aufgaben des Vollzugs, aus dem Gesetz über den Vollzug der Freiheitsstrafe und der freiheitsentziehenden Maßregeln der Besserung und Sicherung (Strafvollzugsgesetz – StVollzG). Gut gemeint und auch richtig, aber Papier ist geduldig. Sie bieten dir Gesprächskreise, Einzelgespräche, Übungen, Freigang, die ganze Palette. Ist für viele nur Abwechslung im Einheitsalltag. Die Zeit verkürzende Fluchtpunkte. Geht man halt hin, gibt ja sonst nichts. Meier sah denen das an. Die anderen nicht? Er war sich da nicht so sicher. Aber auch professionelle Hoffnung ist Hoffnung, auch die stirbt zuletzt. Oder durfte nicht ehrlich sein. Oder selten. Das Ergebnis: Jeder Vierte kam wieder zurück. Weil er entwurzelt war, niemanden mehr hatte, nirgendwohin konnte. Ihn keiner mehr wollte, nirgends. Oder nur die, die hier waren. Da waren auch Helfer keine Hilfe. Alleinsein ist keine Stütze, für nichts. Auf der anderen Seite: Drei von vier schafften es draußen doch wieder, irgendwie. War aber kein Beweis für die Wirkung des Programms. Sei's drum, er wollte es schaffen und würde es, aber anders.

Weiter heißt es: »Der Vollzug der Freiheitsstrafe dient auch dem Schutz der Allgemeinheit vor weiteren Straftaten.« Blieb zu ergänzen: »Für die Zeit der Strafe.« Doch bis auf ganz wenige, die »richtig Schweren«, ließ man alle wieder raus, irgendwann. Und jeder Vierte ...

§3: »1. Das Leben im Vollzug soll den allgemeinen Lebensverhältnissen soweit als möglich angeglichen werden.« Für Aufstehen, Frühstücken, Arbeiten, Mittagessen, Fernsehen, Schlafengehen stimmte das. Für sonst nichts. Wie auch – außer, man wollte etwas lernen. Im gebotenen Programm oder von denen, die hier waren. »Soweit als möglich« war dehnbar. »2. Schädlichen Folgen des Freiheitsentzuges ist entgegenzuwirken.« Manchmal musste Meier grinsen.

•

Vielleicht war er ungerecht, ganz sicher sogar. Aber manchmal war der Zorn größer, wurde zur Wut. Ein schlechter Ratgeber für Urteile.

II

Nach zehn Jahren war er raus. Zwei Jahre vor der Zeit. Gute Führung, gute Prognose. Eines späten Vormittags stand er plötzlich auf der Straße, allein, und atmete tief. Sah Bäume, grünes Gras. Hörte Vögel, roch. Sein Blick konnte schweifen, ganz weit. Plötzlich gab es wieder einen Horizont, der den Namen verdiente. Und wenn es die Dachkante des Parkhauses war. Selten zuvor hatte er stärker gespürt, was Freiheit bedeutet. Konnte gehen, mehr als vier Schritte am Stück. Keine Wand. Dreihundertzwanzig Euro fuffzig hatte er in der Tasche. Gefängnisgeld. Oder Restlohn, nach Abzug aller Kosten, Fernseher, Tee und so. Und zehn Jahre alte Klamotten an. War ihm egal.

•

Ja, Geld würde er erst einmal benötigen, seine Mutter hatte ihm nichts hinterlassen. War gestorben nach dem ersten Jahr, er hatte nicht zur Beerdigung gedurft. Ratten. Nicht schon im ersten Jahr, hatten sie gesagt. Geht gar nicht. Als ob das eine Begründung wäre. Aber sie hatten die Macht. Das war der Knackpunkt gewesen. An dem Tag hatte er beschlossen zu lernen. Für danach. Damit sie ihn nie wieder drankriegten. Für nichts, was auch immer kommen sollte.

•

Wohin? In dem kleinen Karton waren seine paar Sachen, mehr hatte er nicht. Keine Kleider zum Wechseln. Keine Wohnung mehr, die hatten sie aufgelöst. Zahlte ja keiner die Miete, auch er nicht. Möbel, Schrankinhalte, Küchenzeugs? Irgendwo eingelagert, gegen Gebühr könne er das wieder holen. Sollte es doch verschimmeln. Er brauchte das Zeug nicht. Wohin auch damit?

Er hatte anderes vor. Ihr wollt mich kriminell? Ihr könnt mich kriminell haben. Ihr wart es doch, die mich zum Kriminellen gemacht haben. Und ich nehm viel mit aus den zehn Jahren, ich hab die Zeit gut genutzt. Zurück in die Gesellschaft kann ich sowieso nicht mehr, da müsste ich ganz bei Null wieder anfangen. Unter Null. Aber das geht auch anders.

•

Meier überquerte die Straße. Folgte ihm jemand? Er sah sich nicht um. Im Knast bekommt man hinten Augen. Das Gespür dafür, ob dich jemand beobachtet. Und da war nichts. Bald würde er sich auflösen in die Unsichtbarkeit.

•

Zwei Straßen weiter durchquerte er den Park, setzte sich auf eine Bank, drehte sich eine. Sog den Rauch tief ein. Noch Knasttabak. Atmete. Das Grün der Bäume, lachende Menschen, hinter ihm der Verkehr. Stimmen, Hupen, Bremsen, Motoren. Sie alle hier waren frei. Hatten Arbeit, Frau oder Mann zu Hause, vielleicht auch Kinder. Ein Heim.

Aber er, Meier? Dreiundfünfzig war er jetzt. Hatte nichts. Aber er war frei, konnte tun, wonach ihm war.

•

Vögel flogen durch die Luft, landeten, pickten im Gras wie Hühner. Amseln? Oder Tauben? Krähen? Er kannte die Vögel viel zu wenig, hatte sich nie dafür interessiert. Doch, einen Storch hätte er erkannt. Und einen Schwan vielleicht. Auch einen Kanarienvogel. Der Drechsler in der Zelle nebenan hatte einen gehabt. War ihm genehmigt worden als Lebenslänglichem. Mit dem hat er die ganze Zeit geplaudert. Der hatte seine Familie massakriert, regelrecht abgeschlachtet, und die Schwiegermutter. Erst die Frau, dann die Kinder im Schlaf, dann die Schwiegermutter, als sie am Morgen kam. Alle mit der Axt. Lebenslänglich mit Sicherungsverwahrung. Dabei war er eigentlich ganz umgänglich, nur jähzornig.

•

Meier hatte noch einen Auftrag. Wassiliy aufsuchen, einen Tschetschenen draußen. Ihn von Gregory grüßen und die Nummer überbringen. Sperrnummer für ein Konto irgendwo, Code für einen Safe oder Ziffernfolge für sonst was, das ging ihn nichts an. Warum das alles? Weil die Nummer nie notiert werden durfte. Dreiundzwanzig Ziffern in Folge. Und weil Gregory immer überwacht wurde im Knast, wenn er Besuch hatte. Also konnten die Zahlen nicht anders raus als über Meiers Kopf. Der konnte sie sich als Einziger merken. Danach wäre Meier frei. Und hätte Chancen. Reset und Neustart. Mit neuem Betriebssystem.

Wassiliy könne ihm helfen, hatte Gregory, der Tschetschene, gesagt. Werde ihm helfen. Wenn du etwas brauchst. Lass dir drei Tage Zeit, hatte er gesagt, besser vier. Mindestens. Fahr nicht gleich hin. Bleib unauffällig, fahr herum, hinterlass keine Spuren. Niemand darf dir folgen. Niemand dich sehen. Wassiliy weiß, dass du kommst, er erwartet dich. Und kann dir helfen. Hilft dir, wenn du ihn brauchst. Du brauchst keine Angst zu haben, aber sei vorsichtig. Tu, was er sagt, auch seine Wachleute, immer. Er wird dir nichts antun, sie auch nicht. Aber mach keinen Spaß, so wie hier, das verstehen sie nicht.

Er hatte mit Gregory manchmal Späße gemacht.

·

Die Tschetschenen waren die Schlimmsten gewesen, noch brutaler als die Russen. Lebten nach eigenen Gesetzen. Hatten eigene Maßstäbe. Was ist schon ein Leben? Nichts, wenn es dir im Weg ist. Alle hatten vor den Tschetschenen Respekt. Durftest nie auffallen. Aber mit den Russen verstanden sie sich im Knast, da war kein Krieg.

Das hatte Meier in den ersten zwei Jahren gelernt: Bist du unauffällig, also machst du dich unauffällig, fällst du auf. Weil du der bist, der sich immer wegduckt. Klein macht. Das macht dich verdächtig und damit zum Opfer. Sofort. Und aus der Rolle kommst du so schnell nicht mehr raus. Einmal Opfer, lange Opfer. Steht dir auf der Stirn. Wirst du nur ganz schwer wieder los.

Aber bist du auffällig, fällst du auch sofort auf, logo, und wirst Opfer. Weil du genau das bist: zu auffällig. Zu vorlaut, zu frech, zu unvorsichtig, zu unbedacht, egal. Selbstbewusst darfst du sein im Knast, aber dich selbstbewusst zeigen und geben nicht. Den Kopf hoch tragen ist nur für ganz wenige.

Bist du aber leicht auffällig, verträglich auffällig, gar sympathisch auffällig, fast unauffällig auffällig, immer knapp neben der Norm, also irgendwie etwas Besonderes, ohne es sein zu wollen, anders als alle anderen, dann bist du zwar auch auffällig, aber positiv. Und wirst behandelt wie unauffällig. Bleibst erst mal unbehelligt. Paradox, aber war so. So konntest du leben.

•

Bei Meier war es der Kopf gewesen. Sein Wissen, Denken. Meier wusste viel, was andere nicht wussten. Hatte studiert, war an der Uni gewesen, Physik und Philosophie. War sonst niemand. Las Bücher. So fiel er dem Tschetschenen im Lauf der Jahre auf. Gregory. Der holte ihn zu sich, Meier wurde »der Doc«, sogar »Gregorys Doc«. Quasi sein wissenschaftlicher Berater. Und Unterhalter. Gregory war der Chef im Knast, King in der Hierarchie. Parallelgesellschaft. Eigene Regeln. Versteht keiner, der nicht gesessen hat. Meier wurde zu so etwas wie seinem Vertrauten. Widerwillig erst, zu nah am Bösen, aber was konnte er machen. Nur ihm stellte Gregory Fragen. Immerhin war er ab da unantastbar, sakrosankt. Mit Sonderrechten, Freiheiten, Achtung. Und Neid aufseiten der anderen. Aber keinen Unsicherheiten mehr, keiner Willkür, keiner Angst. So lebte sich's leichter.

•

Gregory vertraute ihm. Deshalb die Zahlen, deshalb der Kurier zu Wassiliy.

Meier fuhr mit dem Zug durch Deutschland. Drei Tage, kreuz und quer. Nur Regionalexpress. Wurde weniger personenkontrolliert. Abfahrt in Hof. Dann Bayreuth, Würzburg, Frankfurt, Saarbrücken, Karlsruhe, Stuttgart, hoch in den Norden, Kiel, Lübeck und dann nach Südwesten. In den Pott. Duisburg.

•

Das Viertel war alt und heruntergekommen. Alte Wohnhäuser, vier, fünf Stockwerke hoch, Wand an Wand gebaut, Fassaden grau, fast schwarz, wenig Farbe. Ehemals herrschaftliche Wohnungen mit hohen Fenstern, die Wohnungen oben niedriger. Verputz bröckelte, oft in Fladen, brüchige Balkons. Baulücken dazwischen, Abgebrochenes, Stützbalken zwischen den Häusern, Müll. Manchmal vernagelte Fenster oder schief in den Höhlungen verkantete Rollos, ein Typ führte seinen Kampfhund Gassi, rauchte, sah ihn an. Unfreundlich. Andere standen auf dem Gehsteig in Grüppchen. Er hatte sich das Viertel in einem der Internet- und Wettbuden im Bahnhofsviertel vorher auf Google Earth angesehen und sich eingeprägt. Was gut war. Von denen hier hätte er niemanden fragen wollen, nicht freiwillig. Eine alte Frau zog ihr Einkaufswägelchen hinter sich her, eine andere sah aus dem Fenster, rauchte. Schnippte die Kippe hinaus. Zwei Unrasierte tranken Flaschenbier, lachten kehlig. Die Menschen hier waren sichtbar arm, wirkten zurückgelassen, vergessen von der Politik. Er lief an leeren Geschäften vorbei, staubige Scheiben, gähnend schwarze Löcher. »Bäckerei Pohlmann«, »Kurzwaren Knabe«, »Frische Lebensmittel«, *Bei Ludwig*, eine alte Kneipe, zu. »Yildirim Olmaz, Gemüse« mit Obst in

Kisten auf dem Gehsteig, ein Handy- oder Telefonladen mit arabischer Aufschrift. Kinder kickten auf dem, was einmal Wiese war, lachten, schrien, jubelten, die Fußballtore mit leeren Getränkedosen markiert. Scherben zwischen dem Unkraut auf Baumscheiben, Hundekot. Gepflegt wurde hier schon lange nichts mehr, vereinzelt fehlten Gehsteigplatten. Überall Zigarettenkippen.

Komm zwischen fünf und sechs, hatte ihn Gregory angewiesen, nicht früher, nicht später. Komm auf keinen Fall nachts. Es war kurz vor halb sechs, die Sonne stand über den Dächern und warf lange Schatten. Es war warm. Er dachte an Jeff Torringtons *Schlag auf Schlag*, hatte er im Knast gelesen, hatte dort in der Bibliothek gestanden. Das versoffene Leben verkommener, zahn- und zukunftsloser Gestalten im verfallenden Glasgow der 1970er- und 1980er-Jahre. Wenn es jetzt noch kalt wäre und regnete ... Trotzdem – auch bei Sonne war es hier nicht einladend. Auch die Bronx der 1960er fiel ihm ein, wie sie immer geschildert wurde. Nur fehlten dafür die Schwarzen und die langsam die Straße entlangtuckernden Zwölfzylinder. Hier standen nur Kleinwagen, verschrammt, verrostet, schräg gegenüber wurde unter einer aufgeklappten Motorhaube gebastelt.

Er war hier ein Fremder und spürte, dass man es ihm ansah. Ein Kiez, eine eigene Welt. Er hatte hier nichts zu suchen. Besser, sich hier nicht als Suchender zu zeigen. Deshalb das Studium des Stadtplans. Hier musstest du gehen wie einer, der ein Ziel hat, wie einer, der sich auskennt, der weiß, wo er hinwill. Er hätte nicht sagen können, dass er ruhig war, aber im Knast hatte er gelernt, damit umzugehen. Seine Augen waren wachsam, er kontrollierte seinen Atem. Immer lang und tief aus, das zähmte den Puls.

Ein Kleinbus hielt weiter vorne, sieben, acht Männer entstiegen der Schiebetür, dick mit Plastiktüten bepackt. Knallten die Schiebetür zurück ins Blech, der Bus hupte kurz, fuhr wieder los. Sie sahen ihn an, durch ihn hindurch, verschwanden in einem der

Hauseingänge, Zigaretten im Mund. Sahen nach Osten aus. Kamen wahrscheinlich von der Arbeit. Bau, Schlachthof, Hilfsjobs oder Betteln in den Fußgängerzonen. Betteln bringt hier mehr als Arbeit drüben, war ein offenes Geheimnis.

Viertel wie dieses waren ein gutes Geschäft, wusste er von Gregory. Wassiliy und Gregory besaßen ein paar – nicht direkt, aber eigentlich doch. Manchmal war Gregory gesprächig gewesen, hatte auch mal seinen Moralischen gehabt. Oder vor ihm angeben wollen. Hatte Vertrauen zu ihm. Die einfachste Art, Schwarzgeld zu waschen? Du brauchst einen Strohmann, besser eine Strohfrau, die wohnt am besten im Ausland, egal wo. Russland, Tschetschenien, Kasachstan, Libanon, scheißegal. Die kauft hier ein Haus oder zwei, auch einen ganzen Straßenzug. Keiner fragt was. Wird hier eingetragen als Besitzer. War nie in Deutschland, hat das Haus nie gesehen, weiß meist nicht mal Bescheid. Steht nur hinter der Zahlung, hier ist nur einer mit Vollmacht. Deutschland ist ein Paradies für so was. Musst nur das Geld haben, nicht nachweisen, woher es kommt. Und dann die Leerstände vermieten an die, die sonst keiner will. Outlaws, Abgestürzte, Arme, Dreimonatsbewohner, manchmal zehn, zwölf in einer Wohnung. Dann musst du nur noch einen haben, der abkassiert. Die Häuser hier im Viertel waren wohl solche, Deutsche sah man hier nicht.

Ein ausgeschlachtetes Moped lag vor ein paar Fahrradleichen, die an der Hauswand lehnten. Graffiti. Aus einem offenen Fenster der oberen Stockwerke hörte man Geschrei. Eine Frau stritt mit einem Mann. Zeterte, kreischte. Auf der Straße nahm niemand Notiz davon. Es roch nach exotischem Essen, gut. Meier ließ sich nicht ablenken. Hier war die 37, danach kam die 39, dort vorne war die Seitenstraße, alte Eckkneipe *Schwarzwald*, da musste er links, und dort war's der erste Eingang vom zweiten Block rechts. Die 58. Ein Halbstarker kam ihm entgegen, rempelte ihn an. Absicht. Weitergehen, sagte sich Meier, nicht weiter drauf achten.

Drei Männer drüben hatten die Szene beobachtet, pfiffen den Jugendlichen zu sich, verfolgten Meier mit ihren Blicken.

Er bog ab, der Junge scherte sich nicht um die Pfiffe, verfolgte ihn, pöbelte ihn an. Wurde lauter, aggressiver, kam näher. Als Meier zur 58 abbog, zielstrebig auf den Hauseingang zu, ohne den Schritt zu verlangsamen, verstummte er und lief weiter. Jetzt war klar, wer hier das Sagen hatte.

Keine Namen an den Klingelschildern, die Haustüre stand offen. Die Briefkästen links an der Wand, schon von draußen zu sehen, alle aufgebogen. Normalerweise hätte er jetzt innegehalten, hinter sich geschaut, hier aber nicht. Wollte denen draußen zeigen, wo er hingehörte. Wer seine Freunde waren. Dummes Gehabe, war ihm klar, aber wirkte. Sein Herz klopfte.

Er kam keine zwei Schritte weit. Zwei Schränke traten aus dem Schatten der Türe, einer links, einer rechts, machten den Weg zu. Schwiegen und sahen ihn an, breitbeinig. Was willst du?, sagte das Schweigen.

Zu Wassiliy, sagte er bloß, hatte ihm Gregory so aufgetragen. Kein Wort zu viel, keine Verhandlungen. Das sind nur Gorillas, schützen Wassiliy. Brauchen klare Ansagen, sonst nichts.

Zu Wassiliy?

Ich bin der Doc. Das war die Eintrittskarte.

Du bist der Doc? Sie ließen ihn sofort durch, hatten ihn längst erwartet. Wachen, Leibwächter, furchteinflößende Menschenberge, vernarbt, tätowiert, rasiert. Solchen will man nicht auf der Straße begegnen. Das war kein Film. Einer durchsuchte ihn, einer begleitete ihn hinauf, dreckiges Treppenhaus, die Wände verschmiert. Die Türen zu den Wohnungen links und rechts standen offen, ein paar waren eingetreten, splittrige Ränder um die Türschlösser herum. Die Räume dahinter schienen leer. Nirgends schien jemand zu wohnen. War das das Hauptquartier? Es ging ihn nichts an.

Im dritten Stock pochte der Berg an die Tür, einfacher Rhythmus. Kurz-kurz-lang-lang-kurz-kurz. Schon ging die Türe auf. Der, der öffnete, war bewaffnet. Der Doc? Endlich! Bring ihn rein.

．

Auf den Zugfahrten hatte er viel zum Fenster hinausgesehen. Drei Tage lang. Er würde, hatte er sich im Knast überlegt, in Zukunft wie auf einer Insel leben, so hatte er es genannt. War die Lebensform seines Großvaters gewesen, Vertriebener aus den Weiten Pommerns. War nie heimisch geworden hier, keine Freunde, wenige Bekannte. Oft angefeindet, vor allem in der ersten Zeit. War ihm aber auch alles zu eng. Inselleben hatte der das genannt. Auf Inseln, die keiner kennt, niemand als solche sieht. Die aber Sicherheit bieten. Und Ruhe im Leben. Hatte er auch für sich so überlegt und ausgemalt. In einem Dreieck von Straßen, Schienen, Brücken. Irgendwo. Wo es laut war und unwirtlich und niemand sich für etwas interessierte. Auch nicht für ihn. Denn er wollte allein sein, für sich leben, wollte von niemandem mehr etwas wissen. Musste nur seine Insel finden. Solche Gedanken macht man sich im Knast. Fährt Strecken ab im Kopf, die man kennt, phantasiert, imaginiert, gerade so, wie man es braucht oder sich wünscht. Man hat ja viel Zeit.

．

Dann sah er die Häuser an der Bahn. Entlang der Gleise der Hauptverkehrsstrecken, an den Rändern der Städte, der kleineren Städte.

Der immer kleiner werdenden weit draußen, die keine Zukunft hatten oder erst in ferner Zeit. Und so lange vor sich hin starben. In denen Ruinen standen und Brachen alter Industrie.

Diese Häuser an der Bahn, so stellte er sie sich vor, hatten scheinbar kein Vorne, keine Wohn- oder Terrassenseiten, nur Rückseiten. An der einen Rückseite der Häuser fuhr die Bahn. Laut, schnell, ständig, unwirtlich, dreckig. Auf der anderen waren Straßen und schmale Gärten. Vernachlässigt, vergartenzwergt, oft vermüllt.

Genauso mussten auch die Menschen dort sein, stellte er sich vor, während er im Zug daran vorbeirollte. So würden sie leben. Ohne echte Sonnenseite. Abgewandt vom Leben draußen, abweisend, zurückgezogen, privat. Auch innen ohne großes Leben, vielleicht vernachlässigt, auf jeden Fall ohne Ziel. Diese Menschen lebten mit dem Rücken zur Welt, würden, lebte er dort – das sagten ihm diese Häuser –, nichts von ihm wollen. Und er nichts von ihnen. In seiner Vorstellung war das besser als auf Großvaters Inseln.

•

Am deutlichsten sah er es an den Rändern, dort, wo die Orte ausfransten. Ins Nichts ausliefen. Er brauchte keinen Ort mit Leben nach innen, keinen Wagenburgort, der hermetisch wirkt und wie abgeschlossen nach außen. Keinen Ort, der nach innen alles hat, ein Zentrum, Geschäfte, Kontakte, Einrichtungen, sondern einen aufgebrochenen. Zerfransten. Der von sich weg orientiert war. Nichts hatte, auf das er sich bezog. Der an einer Stadt hing, an deren Rändern, weit draußen. Dessen Bewohner hier wohnten, aber nicht lebten. Resigniert. Weil sie ihn, wenn er denn je ein Zentrum gehabt hatte, mit diesem noch erlebt, ja gelebt hatten.

Warum er so einen Ort suchte? Weil dessen Bewohner die Nachbarschaft, nein, nicht egal war, sie einer Nachbarschaft aber keinen Wert beimaßen. Weil die Menschen dort waren, weil sie halt dort waren und ja irgendwo sein mussten oder weil sie da waren, weil sie schon immer da gewesen waren. Und nur deshalb nicht gingen. Es auch nicht schafften, kein Ziel mehr hatten. Die sich nicht verändert hatten, während mit den Jahren sich alles um sie herum verändert hatte. Die längst abfällig auf die Welt schauten, resigniert, vielleicht sogar gehässig. Auch auf sich selbst, weil sie sich nicht leiden konnten. Die tranken, weil sie sich hassten. So stellte er sich das vor. Als seine Idylle.

•

Meier war mulmig zumute. Er überspielte es, sie sollten es nicht merken. Sah sich unauffällig um. Wer einmal hier drin ist, kommt ohne Zustimmung Wassiliys nicht mehr raus. Schon auf der Straße wäre ein Entkommen sicher schwer gewesen, hier drinnen war es unmöglich. Wassiliy stellte ihm einen Schnaps hin, ganzes Trinkglas voll. Wodka. Meier rührte es nicht an, brauchte seinen klaren Kopf. Lehnte dankend ab, worüber Wassiliy, genauso ein Berg von Mann, lachte, brüllend laut, fast beängstigend. Und alle anderen Männer auch. Sie schüttelten die Köpfe, prosteten, tranken.

Die Zahl?

Wassiliy konnte es kaum erwarten.

Achtung: Fünf vor zwölf schieben elf neugierige Schalker Hoffenheims Sechser verwundert zweimal sachte nach Pisa.

Wassiliys Blick schaute erst prüfend, wurde dann misstrauisch und messerscharf. War der, der da vor ihm stand, verrückt? Wollte der ihn verarschen? Er holte langsam tief Luft. Meier wiederholte den Satz. Achtung: Fünf vor zwölf schieben elf neugierige Schalker ...

Schluss! Wassiliy schlug mit der Faust auf den Tisch.

Meier hob beschwichtigend die Hand. Gebt mir ein Blatt Papier. Er wiederholte den Satz langsam und notierte dazu Zahl für Zahl. Achtung (8): Fünf (5) vor zwölf (12) schieben (7) elf (11) neugierige (9) Schalker (04) Hoffenheims (1899) Sechser (6) verwundert (400) zweimal (2) sachte (8) nach Pi(314)sa.

Da stand die Zahl: 8512711904189964002 8314.

Wassiliy verstand nichts, schüttelte nur den Kopf. Nahm den Zettel an sich. Das ist die Zahl?

Das ist die Zahl.

Wassiliy küsste den Zettel und hielt ihn mit beiden Händen hoch. Gregory, du bist der Größte! Gregory, mein Freund! Gelobt sei Jesus und Maria! Gelobt seist du, Gregory! Was brauchst du, Junge?

Jetzt nichts. Vielleicht irgendwann irgendwas.

Dann kommst du.

Ja.

Kannst immer kommen.

Ja. Er verabschiedete sich von Wassiliy, dem Tschetschenen. Seine Leute ließen ihn anstandslos ziehen.

Er hatte keine Ahnung, wofür die Zahl war. Der Code für einen Safe? Der Schlüssel zu einem Konto? Der Zugang zu irgendwas, einem Büro, einer Kanzlei, einem Amt, einem Handy, einem Server? Ganz sicher für nichts Legales. Wem würden sie damit schaden? Was sich damit ergaunern? Er wusste es nicht und wollte es auch nicht wissen, nur eines stand fest: Die Zahl war wichtig. Für eine Drogenlieferung? Für Waffen? Das hier war kein Spiel, das war ihm klar. Aber musste er sich darüber Gedanken machen? Skrupel haben? Er hätte sich geschadet, hätte er gefragt. Er hielt sich da raus, wollte allein auf sich schauen, sein Leben musste er leben. Er hatte hier auch nicht zu richten. Er schadete niemandem, das würde Wassiliy tun. Dass der das Gesetz brach, war sonnenklar. Doch welche Geschäfte er betrieb, davon hatte Meier keine Ahnung, es sei denn, es ging um Immobilien, doch dienten die nur der Wäsche der Einkünfte, die der Tschetschene erzielte. Ja, er selbst war mitschuldig an dem, was sich daraus ergab oder ergeben würde. Ob er es je erfahren würde?

Er schob den Gedanken weg, Skrupel konnte er sich jetzt nicht leisten. Er würde noch öfter Skrupel bekommen in Zukunft, das wusste er. Doch für sein Leben in Zukunft musste er skrupellos sein. Aber er würde sich seine Opfer aussuchen, die Falschen würde es nicht treffen, zumindest war das sein Ziel.

Am Abzweig vorne stand der Halbstarke, drüben die Gruppe Männer. Als er hinübersah, schauten sie weg, genauso der Jüngling. Was es ausmacht, wohin man geht und woher man kommt, dachte er sich. In diesem Moment fühlte er sich stark. Hier würde ihm nichts mehr geschehen.

Die Zahl aber würde er sich nie notieren, keine Spur sollte zu ihm führen. Und war ihm jemand gefolgt? Nein. Nur die, die hier herumstanden, hatten ihn gesehen. Von denen war nichts zu befürchten, sie würden sich kaum an ihn erinnern. Und wenn doch, würden sie schweigen. Wassiliy.

III

Am Tag darauf war er in dem kleinen Städtchen Hof an der Saale, zwischen Fichtelgebirge und Frankenwald. Hier kannte er niemanden, niemand kannte ihn, aber er kannte den Ort, war früher ein paarmal hier gewesen. Hatte ihm gefallen, so abseits. Oberfranken, in Bayern ganz oben. Huuf, sagen sie hier. Kalte Ecke. Dreihundert Tage im Jahr kalt, die restlichen nicht warm. Wer hier wohnt, ist hier geboren, freiwillig ziehen hier nur wenige hin. Früher Grenzland, gleich dahinter die DDR. Hörtest du keinen Flieger fliegen, verbotener Luftkorridor an der Grenze. Nur manchmal einen Schuss oder zwei, wenn einer versuchte rüberzumachen trotz Selbstschussanlagen, Minenfeldern, Stacheldraht.

Straßen endeten dort früher im Nichts, Birken wuchsen aus dem Asphalt. Hier war absolute Ruhe, nur Vogelgezwitscher. Geförderte Wirtschaftszone war das damals. Unternehmen kriegten Geld, sonst wär's hier ausgestorben. Die Welt jenseits war verboten, nicht zugänglich, folglich nicht da. Alle Wege endeten da. Am Zaun.

Dann, Neunundachtzig, erst der Sonderzug aus Prag, aus der Botschaft, dann fiel der Schlagbaum, und alle strömten rüber. Erst nur mit dem Auto, Westen kucken. Die Luft roch nach Zweitaktern, legte sich schwer auf die Lunge. Trrrötötötö-trrrrötötö-trrrrröööötötötöt, Freudentränen überall, Spalierstehen, Beifall, Umarmungen. Freundschaft, so fühlte es sich ein paar Tage lang an. Zur Grenzöffnung war er hier gewesen, mit seinen Eltern damals, da war er noch jung.

Die DDR war jetzt weg, der Zaun auch, das kalte Land aber blieb. Hier lässt man mich, dachte Meier. Deshalb kam er zurück.

Und weil sein Ziel in der Nähe war, auf das er sein Fadenkreuz richtete. Noch hatte er keinen Plan, wie, aber es würde sich ergeben.

•

Am späten Nachmittag verließ er die Stadt, weg von den Häusern, weg von den Menschen, einfach hinaus. Durchquerte die Randsiedlungen, lief die Landstraße entlang ohne echtes Ziel. Die letzten Häuser hatte er schon hinter sich. Autos rasten an ihm vorbei, manche sehr knapp, manche hupten, Kühe grasten braun-weiß auf der Weide, entledigten sich pflatschend, sahen gelangweilt herüber. Schlugen mit ihren Schwänzen nach Fliegen und schüttelten die Köpfe. Sabberten. Riesige Augen. Andere lagen im Gras und kauten. Glotzten genauso. Träge. Schwarze Vögel pickten über die Weide. Ob der Elektroweidezaun geladen war? War er. Der Stromschlag traf ihn wie ein mittelgroßer Stein im Nacken. Tüten von McDonald's lagen im Straßengraben, Pappbecher mit Plastikdeckeln und Halmen, Papierservietten, Pommesschüsseln, Essensreste.

Die Straße führte bergan. Auf einem Parkplatz, einem Stück der alten, noch viel schmaleren Straße, etwas abseits ein Auto, eine Frau. Junge Ente, alte Ente, dachte es ihn spontan, er konnte nichts dagegen tun. Schlechter Humor, war ein Scheißgedanke. Aber die Frau war noch jung, ihr Auto, ein 2CV, schon alt, das Bild also stimmte. Die Tür des Fahrzeugs stand offen, die Frau hilflos daneben.

Alles in Ordnung?

Sie hatte Probleme mit dem Wagen. Schüttelte den Kopf.

Kann ich helfen?

Die Frau war hübsch. Sehr weiblich. Er hatte lange nicht ... billiger Männergedanke. Trotzdem keimte er auf bei dem Anblick. Jeder Mann hätte das bei ihr gedacht, und wenn nicht, hätte er gelogen. Er

33

unterdrückte es, auch eine Frage der Achtung. Er war noch nie so gewesen. Und trotzdem dachte er: Wie blöd müsste er denn sein, solch ein Klischee zu bedienen, kaum draußen und … Nein, er würde denen nie wieder einen Grund geben, ihn ein-, nein wegzusperren. Nicht so einen billigen. Sie hatten es einmal getan, grundlos. Ein zweites Mal würde es nicht geben, niemals. Er würde sein Leben leben, aber nie wieder würde man ihm etwas vorwerfen können. Nie. Er durfte nur keinen Fehler machen. Er hatte die zehn Jahre gut genutzt.

Sie zuckte mit den Schultern. Die Karre springt nicht mehr an. Soll ich mal?

Er drehte den Zündschlüssel, der Anlasser orgelte. Nichts. Benzin drin?

Gestern erst getankt, die Tankanzeige gab ihr recht. Der Wagen hat hier zwei Stunden gestanden, ich war nur spazieren. Davor lief er problemlos, jetzt läuft er nicht. Kommt einfach nicht. Hat er sonst nie, ist immer gegangen.

Der Wagen stand mit der Schnauze bergauf. Meier öffnete die Haube, schnüffelte am Motor, am Vergaser. Kein Spritgeruch, also nicht abgesoffen.

Sie kriegt keinen Sprit.

Sie?

Die Ente.

Meier kannte das, hatte selber mal eine Ente gehabt. Er trat einen Schritt zurück. Sehen Sie, der Wagen steht schief.

Ja.

Der Sprit läuft zurück, und die Benzinpumpe schafft das nicht bergauf. Die Leitung ist leer, schätze ich. Normal steht die Ente so: vorne tiefer als hinten. Er zeigte das Gefälle mit der Hand. Da läuft der Sprit von selber nach vorn. Vom Tank hinten vor zum Motor.

Sie nickte. Und?

Machen Sie doch einmal den Tank auf.

Sie schloss den Tankdeckel auf.

Haben Sie ein Tuch?

Sie gab ihm ihr Halstuch.

Setzen Sie sich hinein und starten Sie.

Sie setzte sich hinein und startete. Er dichtete mit dem Tuch den Tankeinfüllstutzen rundherum ab und blies hinein. Verdammt, roch das Tuch gut. Erzeugte Überdruck. Überdruck im Tank, Benzin drückte durch die Leitung nach vorn. Der Wagen sprang an. Lief.

Sie stieg aus und sah ihn bewundernd an. Sie sind wohl vom Fach? Mechaniker?

Nein, hatte früher selber eine Ente. Ist lange her.

Sie sah sich um, suchte sein Auto. Fand keins.

Sie sind zu Fuß? Wo wollen Sie denn hin? Kann ich Sie vielleicht ein Stück mitnehmen? Als Dank? Hier kommt doch ewig nichts, bis in den nächsten Ort sind es mehr als fünf Kilometer.

Ich habe kein Ziel. Er sah seitlich auf den Boden.

Aber Sie müssen doch irgendwohin wollen.

Muss ich?

Sie war irritiert.

Er zuckte mit den Schultern. Will einfach weg. Einfach hinaus.

Sie sind nicht aus ...? Sie zeigte die Straße entlang.

Nein.

Sie wollen nicht nach ...?

Nein.

Ärger gehabt?

Er wusste, was sie dachte. Beziehungsprobleme.

Er schüttelte den Kopf, sagte nichts.

Sie schien ratlos. Ich kann Sie mit zu mir nehmen, wenn Sie wollen. Oder haben Sie irgendwo etwas gebucht? Ich koche uns etwas.

Meier war überrascht. Sie würden ...?

Ja, warum nicht? Sie können auch bei mir übernachten, wenn Sie wollen. Wenn Sie nichts haben für die Nacht. Mein Haus ist groß, und ich bin allein.

Das kann ich nicht annehmen. Er hatte Angst, dass etwas passieren könnte. Warum war sie so forsch?

Doch, können Sie. Sie lachte. Entwaffnend, würde er sagen.

•

Sie hieß Katja. War Übersetzerin und Lektorin. Beim Essen erzählte er, dass er erst vor ein paar Tagen entlassen worden war. Er war nicht überzeugt, dass es richtig war, aber er musste. Machte vielleicht alles kaputt, aber er war für offene Karten. Vielleicht erzählte er es auch, um Distanz zu schaffen, Verunsicherung zu streuen. Um sich zu schützen. Und sie.

Sie waren im Gefängnis? Sie schien eher neugierig und beeindruckt, nicht verunsichert. Sprach für sie.

Ja. Zehn Jahre. Wegen Mord.

Sie haben jemanden umgebracht?

Nein.

Warum wurden Sie dann verurteilt?

Weil … – ach nein, das ist eine lange Geschichte. Lassen wir das.

Sie fragte nicht weiter, schien ihm zu glauben, zumindest tat sie so. An ihrer Offenheit veränderte das nichts. Wenn da mal der Falsche kommt, dachte er sich, aber sagte nichts.

•

Sie aßen, sie trank Wein. Er nicht. Hatte zehn Jahre nichts getrunken, davor aber viel. Wollte jetzt nicht die Wirkung.

36

Sie redeten nicht viel. Saßen draußen und sahen in den Abend, die sich senkende Nacht. Fledermäuse flogen. Keine Schmetterlinge. Sie rauchten.

So verging der Abend.

Er schlief im Wohnraum auf dem Sofa, sie im ersten Stock, in ihrem Bett. Sie hatte ihm eine Decke gebracht, ließ ihn unten allein.

•

Im Morgengrauen schlich er sich aus dem Haus. Noch vor fünf. Hatte sich ein Stück Brot eingesteckt aus der Küche, und einen Apfel. Er musste weg von der Frau, wollte die Begegnung am Morgen vermeiden.

•

Nur einen Zettel hinterließ er auf dem Tisch.

Musste gehen. Traute mich nicht, traue mir nicht. Zu lange schon ... Fühle mich dumm dabei, aber kann nichts dafür nach so langer Zeit. Ist besser so. Danke für alles.

Darunter klein: Habe Brot und einen Apfel »gestohlen«. Bitte verzeih.

Und noch einmal darunter: Vielleicht melde ich mich irgendwann einmal.

Als er die Tür hinter sich zuzog, leise schnappte sie ein, lärmten Spatzen in der Hecke, lustige Gesellschaft. Eine Amsel schimpfte, weil eine Katze über die Wiese strich. In der Wiese vorm Haus noch der Tau. Wie lange hatte er das nicht gesehen.

IV

Gelegenheiten erkennen und nutzen. Meier hatte noch siebenundzwanzig Euro, der Rest war für die Zugfahrten draufgegangen. Jetzt brauchte er erst einmal Geld.

·

Am späten Vormittag ergab sich eine Gelegenheit. Premiere. Er musste ruhig bleiben, souverän. Sich wie selbstverständlich bewegen, wie mit Ziel. Er hatte den Parkplatz eines Baumarktes überquert, den Blick schweifen lassen über die typischen Stellen. Hier draußen hatten sie keine Kameras. Er folgte dem älteren Herrn in den Baumarkt. Rentner, nicht arm, leicht gebeugt. Typ Bastler, eher Pfriemler, größere Sachen machte der nicht selbst, ließ er machen. Dafür reichte das Geld. Zierpflanzenkäufer, nur mal so kucken nach Angeboten oder zwei Latten für irgendwas. Keiner, der sich die Finger schmutzig machte. Meier schob, wie der Alte auch, einen Wagen, blieb unauffällig auf Distanz. Interessierte sich scheinbar für dies und das. Kaum fünf Minuten später trat er hinaus in die Sonne, der Alte war noch in der Holzabteilung, wartete auf einen Zuschnitt. Meier wusste, wo der Wagen stand. Er startete den beigen Mercedes und rollte hinaus auf die Straße. Im Rückspiegel alles in Ordnung, so weit hatte alles geklappt. Er atmete durch. Es war das Leben, für das er sich entschieden hatte. Der Parkplatz ein paar Straßenzüge weiter war der richtige, Step zwei. Im Schutz einer Hecke und dem Schatten eines Transporters tauschte er mit einem anderen, ortsfremden Wagen die Kennzeichen. Sind ja alle gleich groß und nur in den Rahmen geklemmt. Kurz in die Hocke, klack-klack, schon geschehen. Es hatte ihn niemand beobachtet, er hatte auch nicht auffällig agiert, alles wie selbstverständlich. Kameras gab es hier draußen nicht, er hatte keine übersehen.

Er setzte sich zurück in den Wagen. Durchsuchte das Täschchen des Alten und fand, was er erwartet und gesucht hatte: auf einem gefalteten Zettelchen fein säuberlich notierte PINs. Ordentlicher Mensch, wahrscheinlich schon etwas vergesslich. Und in dem schmalen Nebenfach sucht ja auch keiner. Sicher nicht. Nie. Nur Meier. Erneut rollte er hinaus auf die Straße. Zwanzig Kilometer weiter, weg vom Wohnort des Alten, kaufte er mit einer der Karten ein.

•

Drei Geldautomaten später, Sonnenbrille des Alten auf und Baseballcap von der Ablage, hatte er knapp viertausend Euro und entsorgte das Täschchen. Mit sämtlichen Karten, die wurden jetzt langsam heiß. Tief versank alles im Container. Nur Ausweis und Führerschein behielt er. Man konnte nie wissen.

•

Meier suchte sich eine Pension, zahlte eine Woche im Voraus, legte sich aufs Bett, schlief sofort ein. Das Auto hatte er hinten in den Hof gestellt, der Parkplatz gehörte zum Arrangement.

●

Als er erwachte, war es draußen dunkel. Im Haus absolut still. Die Straßenlaterne vorm Haus warf gelbes Licht in den Raum. Der halb zugezogene Vorhang bewegte sich leicht vor dem offenen Fenster. Meier lag auf dem Rücken, sah zu Decke und Wand. So wie er es zehn Jahre lang getan hatte.

Irgendwo bellte ein Hund in der Nacht, dann fuhr unten ein Auto vorbei. Langsam rollte es die Straße entlang. Er verfolgte es mit den Ohren, bis das Geräusch wieder verebbte. Meier sah auf die Uhr. Halb vier. Ab sechs Uhr gab es Frühstück. Er machte sich hoch und ging pinkeln, trank ein paar Handvoll Wasser aus der Leitung und legte sich wieder hin. Was würde er tun in den nächsten Tagen, Wochen, Monaten? Ergab es Sinn, sich darüber Gedanken zu machen? Ergab es überhaupt Sinn, sich Gedanken zu machen? Über seine Situation, sein Leben, *das* Leben? Es ergab keinen Sinn. Über das Leben hatten schon ganz andere nachgedacht. Viel Klügere. Und waren zu keinem Ergebnis gekommen. Das konnte er sich also schenken. Er hatte es sich schon im Knast geschenkt. Über den Sinn nachzudenken war sinnlos. Über das Wie und das Was jedoch nicht. Sinn war ein individuelles Konstrukt und für jeden anders.

●

Erneut rollte ein Auto vorbei, jetzt aus der anderen Richtung. Laute Musik, tief wummernder Bass. Der Fahrer kam, so spät in der Nacht oder so früh am Tag, wahrscheinlich vom Feiern. Kein Mensch war doch sonst auf, nicht hier draußen. So wummernd, dass die Karosse schnarrte. Oder die Türverkleidung. Rapmusik. Hatten die im Knast auch immer gehört. War nicht seine Musik, aber die Rhythmen rissen oft mit, manchmal sogar die Harmonien.

•

Die Brötchen zum Frühstück waren altbacken und zäh, der Kaffee kaum besser als im Knast. Immer diese Vergleiche Drinnen-Draußen, aber er hatte nichts anderes. Das waren seine letzten zehn Jahre. Plörrig war der Kaffee und lau. Auf der lauwarmen Milch im Kännchen schon eine dicke Haut. Hieß, sie war einmal heiß gewesen. Hatte er Jahre nicht mehr erlebt. Zum letzten Mal tatsächlich als Kind, und da hatte es ihn immer geekelt. Jetzt nicht. Die anderen Tische waren leer und benutzt, überall lagen Brösel herum. Kein Wunder, sämtliche Hausgäste waren Monteure, hatten also schon gefrühstückt und waren längst aufgebrochen. Um sieben Uhr auf der Baustelle, vielleicht schon um sechs. Das war das Leben in Freiheit. Früh raus, den Tag lang für andere da sein und schuften, und abends müde und heim und ins Bett. Fürs Geld und den nächsten Tag. Sich kaputt machen und alles Schöne verlernen. War das ein Leben? Seins würde es nicht, das hatte er so beschlossen.

•

Am Vormittag fuhr er in die nächste Großstadt, fast hundert Kilometer entfernt, Nürnberg, Kaiserstadt, und stellte den Wagen ab. Zog ein Ticket für den Zug zurück. Das Auto zu behalten war zu gefährlich. Auf der Bahnfahrt sah er sich die Häuser an, die entlang der Strecke lagen.

•

Ein junger Mann setzte sich zu ihm, auf den Platz gegenüber. Kam herein und setzte sich einfach. Meier dachte über das Verhalten nach. Warum der Fremde nicht grüßte, kein kurzer fragender Blick kam, ob der Platz frei sei. So fährt man nicht Bahn, dachte er, man setzt sich nicht einfach auf einen freien Platz, nicht ohne einen Blick oder ein fragendes Nicken zu dem, der schon sitzt, daneben oder gegenüber. Ob dort vielleicht frei sei. Dessen Begleitperson könnte ja gerade draußen sein, weiß man ja nicht. Aber der wusste das nicht, dass man fragte, es so Sitte war, und sei es mit einem Blick. Kannte die Regel nicht, die ungeschriebene, die Selbstverständlichkeit im Zusammenleben. Oder beachtete sie nicht. Basisregel nannten die Soziologen das, hatte er im Knast gelesen. Etwas, das man tut, ohne es zu wissen. Weil es alle tun. Und das erst auffällt, wenn einer das nicht tut. Aber vielleicht war der bloß unsicher? Gehemmt im Kontakt mit anderen? Was, wenn der das immer so tat, dachte er weiter, stößt er dann auf Irritation, gar auf Ablehnung? Wahrscheinlich. Und wenn der das dann persönlich nahm? Als Reaktion auf ihn als Person, nicht auf sein Unwissen? Musste der sich dann nicht noch unsicherer fühlen? Auch als abgelehnt? Welch Missverständnis, nur weil er die Regeln nicht kannte oder beachtete. Ein Blick, ein Lächeln, das öffnet so leicht die Welt. Kein Blick, kein Lächeln verschließt sie schnell. Und verstärkt die Unsicherheit, die man schon hat, gefühlt vielleicht sogar als Ablehnung, Zurückweisung. Fatal – ein Circulus vitiosus. Er hatte das kleine Latinum.

Sollte er dem das sagen? Nein, der würde es nicht verstehen, niemals. Nur missverstehen. Sich gegängelt fühlen, bevormundet. Das war nicht zu vermitteln, nicht unter Fremden. Unter Freunden vielleicht, ja, aber nicht hier. Meier brach den Gedanken ab, ließ den Fremden Fremden sein.

•

Er sah aus dem Fenster, die Landschaft zog draußen vorbei, Felder, Wiesen, Wälder. Flüsschen schlängelten sich durch enge Täler, immer einmal wieder fuhr der Zug durch einen Tunnel. Die Bauern hatten zu tun draußen, mähten Wiesen, machten Heu. Zwei Stationen vor seinem Zielort stieg er aus. Vorortbahnhof. Verrammelt, besprüht, Scheiben eingeschmissen. Dreck und Unrat überall, statt eines Schalters ein Automat, der Münzschlitz mit Kaugummi zugeschmiert. Fahrradleichen in den Fahrradständern. Wer hier ausstieg oder von hier abfuhr, musste sich als Verlierer sehen. Als abgehängt. Nutzlos und ungewollt, lästig. Schüler lungerten herum und spuckten cool auf den Boden. Hörten Musik. Wieder Rap. Wenigstens zwei der vier oder fünf würden einst im Knast landen, diese Wette schloss er für sich ab. Er sah es ihnen an. Produkt auch dieser Bahnhöfe, Resultat der Lieb- und der Trostlosigkeit.

Was machte er sich für Gedanken.

Was ging's ihn an.

Nichts.

V

Zwei Häuser fand er auf seinem Weg entlang der Bahn mit Schildern im Garten. Zu vermieten. Er schrieb sich die Nummern der Makler auf. An der Gartentüre neben einem der beiden ein alter Mann. Fett und fettig, baumwollene Trainingshose, fleckiges Unterhemd, Feinripp ärmellos aus den 60ern. War wohl mal weiß gewesen. Verklebtes Haar. Sah ihn misstrauisch an.

Interessiert Sie das?

Was, das Haus?

Was sonst.

Vielleicht. Weiß ich noch nicht.

Der Garten des Alten war vermüllt. Schrankteile, alte Möbel, Plastiktüten voll irgendwas, Fahrradgerippe, eine alte Waschmaschine, Kartondeckel drauf. Im Haus kläffte ein Hund. Kein großer.

Können Sie mieten.

Weiß ich, steht ja auf dem Schild.

Sieht aber schlimm aus drinnen.

Schlimm, wieso? Was meinen Sie?

Na, nicht aufgeräumt. Da hat keiner mehr etwas gemacht. Schon seit Monaten.

So schlimm wie in deinem Garten wird es da drin nicht aussehen, dachte Meier. Wem gehört denn das Haus?

Dem Sohn.

Welchem Sohn?

Dem vom Hans.

Und wo ist der?

Der Hans? Der Alte lachte. Dreckige Lache. Tot. Den hat's längst zerlegt.

Ach so, der Besitzer ist verstorben?

Der alte Besitzer, ja. War innerlich schon total verfault. Nur gesoffen und geraucht.

Und jetzt gehört es dem Sohn?

Ja.

Und wo ist der?

Der Sohn? In Amerika.

Macht er da Urlaub?

Der Alte rotzte und schüttelte den Kopf. Stützte die Arme auf das Gartentürchen. Das Armfleisch schlabberte, keine Festigkeit mehr. Nein, der lebt da.

Ach so. Und jetzt wird das Haus vermietet?

So wie es ist, mit allem drin. Da müssen Sie ganz schön aufräumen.

Steht das schon länger leer?

Ist nicht leer.

Nein, also unbewohnt. Unvermietet.

Vielleicht ein halbes Jahr.

Gab es da keine Interessenten?

Ach, viele. Sind alle wieder abgehauen. Zu alt, zu dreckig, zu laut. Er machte eine Kopfbewegung hin zu den Schienen. So will doch heute keiner wohnen. Nicht mal Studenten. Alle vier Minuten ein Zug, mindestens. Keine Heizung im Haus, kein warmes Wasser. Ölöfen, musst du noch Kannen schleppen, im Keller ist der Tank. Wie vor vierzig Jahren. Und schimmelig, kannst du dir denken, wenn keiner heizt.

Wie zur Unterstützung des Gesagten donnerte ein endloser Güterzug vorbei, viele Wagen noch mit den alten Achsen. DB jenseits der 80 dB. Keine Chance, sich weiter zu unterhalten.

•

Drei Tage später hatte Meier mit dem Makler Ortstermin. Besichtigung. Der Alte stand wieder am Zaun.

Der steht hier seit fünfundzwanzig Jahren, sagte der Makler. Grinste, nickte grüßend hinüber. Man kannte sich. Der steht da sommers wie winters. Seit er nicht mehr arbeitet.

Was hat er gearbeitet?

Stahlbau irgendwas. Schweißer. Knochenjob. Die Firma ging pleite, seither steht er am Zaun.

Und der Dreck? Dieser ganze Müll?

Das ist seine Frau. Halbe Messie. Die wohnt jetzt auch wieder hier. Muss. Hat sie länger nicht, waren getrennt. Hatte eine Wohnung drüben in der Stadt. Zwei Zimmer, Hochhaus. Aber das Sozialamt hat nicht mehr gezahlt. Wollte nicht arbeiten. Er schnaufte. Ihr Problem: Sie kann nichts wegschmeißen. Aber immerhin, sie kümmert sich um ihn. Kochen und so, Waschen.

Kommen da nicht die Ratten bei dem Müll?

Die kommen hier sowieso, so an der Bahn. Sollten Sie wissen, müssen ja damit leben. Er schien kein gesteigertes Interesse zu haben, das Haus zu vermieten. Oder schämte er sich? Meier war's egal.

●

Im Haus war es muffig und dunkel. Meier zog die Vorhänge zurück, machte die Fenster auf, ließ Licht und Luft rein. Viel Nippes, zerschlissene Polster, keine Bücher. Würde er aufräumen müssen, viel entsorgen. Neues besorgen. Die Fenster matt vor Schlieren und Staub, die Vorhänge grau und vergilbt. Stockflecken in den Zimmerecken, Tapeten lösten sich. Zerschlissene Teppichböden, die Falten warfen, darunter einfache Kiefernbohlen, teilweise wurmlöchrig.

Silberfische flüchteten. Unten zwei kleine Räume, Küche, Bad mit Holzbadeofen. Wirkte gemütlich. Knarzende Treppe, steil. Oben zwei Zimmer unter der Schräge, Klo. Herunterklappbare Leiter zum Spitzboden, das Dach nicht isoliert. Alte Wespennester unter dem Giebel, Kisten, viel Staub. Ein Kellerraum mit Werkzeugen, angerostet, mit Regalen, Müll, der zweite Raum mit Aufgang nach draußen und Fahrrädern, alt, staubig, rostig und platt. Das Haus roch nach Opa und Kindheit. Draußen tobte wieder ein Zug vorbei, brüllend laut, das Geschirr im Küchenschrank klirrte. Der Bau erzitterte. Der Makler zuckte nur mit den Schultern, schien lustlos.

•

Meier nahm das Haus. Trotzdem. Obwohl es nicht ganz so war, wie er sich erträumt hatte. Die Nachbarschaft. Aber er brauchte etwas, musste irgendwo bleiben. Vorübergehend, sagte er sich, das Weitere würde sich zeigen. Vierhundert im Monat kalt, Wasser, Strom, Öl, Müllabfuhr extra. Ölöfen in den Zimmern, der Tank im Keller noch halb voll, wahrscheinlich versulzt, müsse er sehen. Keine Gewähr. Aufräumen müsse er selber, von ihm, dem Makler aus könne alles raus. Auch vom Besitzer aus. Gibt er ihm auch schriftlich. Aber zahlen muss er es selber. Zwei Mieten Kaution – oder eine und ein halbes Jahr Miete im Voraus. Meier zahlte sofort, zweitausendachthundert in bar. Kleine Scheine, fünfziger, zwanziger. Hatte er gerollt in der Tasche. Machte den Makler schauen. Gab's nicht mehr so oft, so viel Bargeld.

Meier ließ es sich quittieren.

Was sind Sie eigentlich von Beruf?

Handel.

Handel was?

Dies und das, was sich so gerade ergibt.

Werden Sie viel hier sein, oder sind Sie viel unterwegs?

Das kann ich jetzt noch nicht sagen. Erst einmal werde ich hier sein und aufräumen.

Wie gesagt, der Besitzer braucht nichts, es kann alles raus.

Meier nickte. Habe ich ja schriftlich. Deshalb nehme ich ja das Haus.

•

Er bestellte Container und entrümpelte das Haus.

Da können Sie froh sein, dass der Sohn nicht mehr lebt. Die Nachbarin von der anderen Seite stand am Container, als er Müll hineinwarf. Inspizierte neugierig, was das so alles war.

Der Sohn?

Der Sohn von denen. Sie senkte leicht die Stimme, deutete hinüber, wo er wieder am Zaun stand. Fettige Haare, ausgebeulte Trainingshose, Feinrippunterhemd.

Die haben einen Sohn?

Gehabt.

Warum gehabt? Was ist passiert?

Krank.

Meier schwieg, sah sie an.

Tropenkrankheit, war in Afrika.

Aha. Warum in Afrika?

Die Jugend fährt fort. Sie zuckte mit den Schultern.

Wie lange ist das her?

Zehn Jahre bestimmt.

Und was für eine Krankheit?

Weiß nicht. Irgendwas mit Maria.

Malaria?

Kann sein. Er lag über Monate im Krankenhaus. Koma. Dann hat er hier gelegen, jahrelang, spastisch. Hat immer geschrien. Wie ein Tier. Nicht auszuhalten manchmal. Nur Fernsehen den ganzen Tag. Kein Wunder bei den Eltern. Zweimal am Tag kam der Pflegedienst. Dann starb er, einfach so. Das Herz.

Ein Zug donnerte vorbei, die Nachbarin machte eine Pause. Wartete ab.

Herzinfarkt. Die Alten haben es überhaupt nicht gemerkt. Saßen daneben, haben in den Fernseher geglotzt und gesoffen. Als dann die Schwester kam irgendwann, also nicht die Krankenschwester, sondern die Tochter, war der Junge schon tot. Thomas hatte er geheißen.

Die Tochter wohnt auch hier?

Nicht mehr. Ist auch schon gestorben. Maria.

Die Tochter auch? Woran?

Die hat nur gearbeitet. Zeitung ausgetragen, geputzt, andere gepflegt. Hat sich aufgearbeitet für den Bruder. Hat ihm das Leben gerettet damals, als er im Koma lag. War die Einzige, die an ihn glaubte. Für ihn da war. Immer und jeden Tag.

Das Leben gerettet?

Ja, schon. Die Ärzte hatten gesagt, dass der nicht mehr wird. Keine Chance. Hirn geschädigt. Wachkoma, nicht mehr ansprechbar, keine Reaktion. Und sie? Sah Reaktion, wenn sie mit ihm sprach. Oder bildete es sich ein. Der Puls ging nach oben. Geschwister.

Schon wieder donnerte ein Zug vorbei, Güterzug, lang. Wirbelte Papierfetzen auf und Staub. Der Sog riss an den Büschen. Verebbte schließlich.

Irgendwann, die Nachbarin weiter, holte sie ihn heim. Baute das Haus um, der konnte ja nur liegen. Und lallen und schreien. Die Alten machten nichts. Dann starb sie, die Maria, dann der

Thomas, der Sohn, dann ging die Frau weg. Und jetzt ist sie wieder da. So geht das Leben. Sind auch schon Großeltern.

Also hatte die Tochter Kinder.

Ja, die kommen manchmal vorbei. Sind nett, werden Sie kennenlernen. Sind ganz anders, keine Ahnung, woher die das haben. Aber die Alten ...

Ja?

Als die Tochter gestorben ist, haben die nichts gesagt hier in der Nachbarschaft. Auch beim Sohn nicht, als der starb. Keinen Ton, so sind die. Haben sie abholen und vergraben lassen, einfach so, und keiner hat etwas gewusst. Keinem Nachbarn etwas gesagt.

Warum?

Keine Ahnung. Mit dem war doch nichts mehr, hat er hinterher gesagt, als ich ihn gefragt hatte, also beim Thomas. Und bei der Tochter: Die war doch fertig. Hat doch nur noch gehustet. Als ob das ein Grund wäre.

•

Drei Tage lang räumte Meier das Haus leer. Am zweiten Tag kam die Frau von nebenan an den Zaun. Fett, stemmte die Arme in die Hüften, sah ihn herausfordernd an. Gelbes Gesicht, aufgedunsen. Du ziehst da ein?

Ja, ich habe das Haus gemietet.

Der Hund schoss aus dem Haus, kläffte. Sailor, sei still! Der Hund kläffte weiter. Sailor! War dem Hund egal. Kannst mein Zeug gleich mit reinschmeißen. Zeigte auf die Berge von Müllsäcken im Garten. Grün, blau, gelb. Zerfleddert, zerrissen, durchweicht. Der Hund kläffte weiter, ihn an. Sprang hinterm Zaun hin

und her, wäre nur allzugern rübergekommen. Typischer Waden-
beißer. Von hinten her schnell angreifen und sich dann verpissen.

Ich soll ...?

Ja, kannst du alles in den Container schmeißen. Sie duzte ihn
vom ersten Mal an, das gefiel ihm nicht. Aber ihr das sagen? Besser
nicht, das brachte nur Streit. Aber die Nähe des Du war wie Mund-
geruch. Ihm unangenehm. Musste er ertragen.

Er warf einen Blick auf den Müll. Da bräuchte er fünf Container. Mindestens. Schüttelte den Kopf. Was ist denn da drin?

Schachteln, Klamotten, Dosen, Abfall, alles. Sie sprach sehr verächtlich. Als ginge es sie nichts an, wäre nur lästig. Als wäre sie sich
selbst nur lästig, als verachtete sie sich. Sie machte einen Sack auf,
sah hinein. Stofftiere. Holte eines heraus, steckte es wieder zurück.

Tut mir leid, der ist für Sperrmüll. Er deutete auf den Container. Das aber ist Hausmüll. Darf nicht da rein. Nehmen die nicht
mit.

Der Hund kläffte, sprang an den Zaun. Sailor, hör auf!

Ein Zug pfiff vorbei. Getönte Scheiben, ICE.

Ein paar Säcke kannst du schon reinschmeißen. Merken die
doch nicht.

Nein. Da müssen Sie sich selber ein paar Container kommen
lassen. Und auch das Zeug selber reinschmeißen. Ist doch Ihr Müll,
nicht meiner. Hier musste er hart sein und Grenzen ziehen, sofort
und ganz klar. Keinen Zentimeter Boden hergeben. Er kannte diese Art Menschen. Machen kaum was selber, hängen sich gern überall dran. Und stellen dann Ansprüche, Forderungen. Sehen sich
im Recht, verstehen es nicht. Und morgen holten sie dich dann,
um die Hecke zu schneiden oder schickten dich zum Einkaufen.
Machten nie etwas für andere, aber forderten alles für sich. Fühlten
sich benachteiligt, wenn sie es nicht bekamen. Zeigten gerne mit
dem Finger auf andere. Eigentlich immer. Und auf alle. Soll ich
Ihnen die Container bestellen?

Sie zog abfällig hoch. Stemmte die fetten Arme in die Seiten. Nein. Ich will meinen Arsch auf mein Sofa setzen und fernsehen, das Zeug ist mir wurscht. Der Hund kläffte. Sailor, hör auf! Ist aus Rumänien, erklärte sie. Straßenköter. Vom Tierarzt, bei dem ich putze.

Ach, Sie putzen bei einem Tierarzt?

Ja, beim Schmattke, drüben im Nachbarort. Alle zwei Wochen. Jetzt aber nicht, jetzt ist der in Rumänien. Von dem ist der Hund. Bringt immer welche mit. Den da kann man nicht mehr erziehen, ist schon viel zu spät. Hätte man früh mit anfangen müssen, als er noch klein war. Jetzt geht bei dem nichts mehr.

Wie alt ist er denn?

Keine Ahnung, schätze so fünf. Aber beißt nicht.

·

Zwei Tage später fuhr Meier mit einem kleinen Transporter vor. Geliehen vom Möbelhaus, fünfzehn Euro die Stunde, zwanzig Kilometer je Stunde frei. Hatte ein Bett mit Matratze geladen, Bettzeug, Waschmaschine, einen Fernseher, Satellitenschüssel und Kleinzeug. Schleppte alles ins Haus, baute es auf, fuhr den Transporter samt Abfall zurück. Installierte die Schüssel, schloss den Fernseher an, sah fern. Wusch die Vorhänge. Fühlte sich fast wie daheim. Der Nachbar stand am Zaun und sah zu. Immer noch selbes Hemd, selbe Hose. Wechselte er monatlich?

Hast dir neue Möbel gekauft?

Ja.

Kannst mir auch mal welche holen. Und mit dem Transporter den Müll gleich wegfahren. Er war genauso wie seine Frau, meinte das ernst. Meier tat, als hätte der Nachbar einen Witz gemacht, lachte freundlich, aber ließ ihn stehen.

•

Als der Tierarzt Dr. Schmattke eineinhalb Wochen später aus Rumänien zurückkehrte, hatte er fünf Hunde dabei. Und holte gleich die Polizei.

Das waren Profis, sagten die nach zwei Stunden Suche. Keinerlei Spuren. Haben in aller Ruhe gearbeitet. Wahrscheinlich am Tag. Wenig kaputt gemacht.

Es fehlten die Münzsammlung, zwei Kassetten mit Bargeld und Schmuck, eine Schatulle mit seiner Sammlung wertvoller Uhren, Cartier, Glashütte Original, Rolex, Patek Philippe, Breguet, Greubel Forsey, Vacheron Constantin und weitere Marken sowie Kreditkarten, mit denen im Lauf der Wochen über zwanzigtausend Euro abgehoben worden waren. Der Ordner mit den abgehefteten PINs lag demonstrativ aufgeschlagen auf dem Tisch. Die Polizisten schüttelten nur den Kopf. Der Schaden insgesamt betrug weit über zweihunderttausend Euro. Vor allem der Schmuck und die Uhren. War aber alles versichert.

Von den Nachbarn hatte niemand etwas gesehen oder bemerkt. Ja, das waren absolute Profis, kratzte sich der Kommissar am Kinn. Protokoll, mehr konnte er nicht machen. Vielleicht taucht eine der Uhren ja auf dem Schwarzmarkt wieder auf. Oder im Internet, ebay oder so. Die Wahrscheinlichkeit aber war eher gering.

•

Am selben Tag tauchte die Polizei beim Nachbarn von Meier auf. Stand wie immer am Zaun. Ihre Frau hat doch einen Schlüssel zum Haus vom Tierarzt? Ist sie da? Der Alte nickte nur und ließ sie hinein. Sie betraten das Haus, befragten die Frau, sahen sich um und kamen kurz darauf wieder heraus. Die, sagte der eine, ist zum Einbrechen zu blöd. Und wenn, hinterlässt sie viele Spuren.

Unglaublich, wie es da drinnen aussieht, sagte der andere und schüttelte den Kopf. Sie fuhren wieder davon.

•

Am späten Abend setzte sich Meier in den Zug, ein Reisender mit Rollkoffer, den hatte er sich besorgt. Kaufte das Ticket am Schalter. Er fuhr die Nacht durch, musste dreimal umsteigen. Am Zielort stieg er in den Bus, wechselte in die U-Bahn, verließ sie wieder, stieg erneut in den Bus und ging dann vier Straßenzüge zu Fuß. Es war vormittags, er war sicher, dass ihm niemand folgte. An der Straße standen wieder Männer in Grüppchen, Fahrradleichen lagen herum, das alte Moped. Beim türkischen Gemüsehändler waren Auberginen in der Auslage, auch große Melonen. Er ging zügig, anzeigend, dass er ein Ziel hatte. Über den gekippten Fenstern der alten Wohnblocks schwarze Streifen, entstanden in Jahrzehnten durch rauchende Bewohner. Zielstrebig trat er wieder durch die Tür des Hauses. Sofort kamen zwei Schränke aus dem Dunkel des Eingangs auf ihn zu, versperrten ihm den Weg. Drohten, ohne etwas zu tun.

Haltmaan! Wohin?

Keine Chance, an ihnen vorbeizukommen.

Zu Wassiliy.

Von wem?

Von Gregory.

Du warst doch schon mal da, sagte der eine.

Ja.

Warte. Der andere zog ihn ins Dunkel, der Erste verschwand die Treppe hoch.

Was ist in dem Koffer?

Für Wassiliy.

Aufmachen. Der Schrank sah in den Koffer, wühlte darin herum, suchte nach einer Waffe, nur darauf schien er abgerichtet. Pfiff leicht durch die Zähne. Arme hoch!

Er tastete ihn ab, suchte weiter nach Waffen. Fand nichts.

Gut.

Der andere kam zurück. Mitkommen!

●

Woher hast du das?

Meier zuckte mit den Schultern.

Heiße Ware?

Meier nickte.

Egal, geht alles nach Tschetschenien, Russland, Kaukasus. Ein Zweiter sah sich die Sachen an, Stück für Stück, ließ sich viel Zeit. Dann flüsterte er Wassiliy etwas zu.

Wie viel?

Einhundertfünfzig.

Wassiliy schüttelte den Kopf. Hundert.

Meier winkte ab. Einhundertvierzig.

Du gefällst mir, einhundertfünfzehn.

Meier sah ihn an. Hand drauf.

Hand drauf. Wassiliy lachte. Warte hier, dauert ne halbe Stunde. Sie gingen hinaus, ließen ihn allein. Vor der Tür stand bestimmt ein Schrank, da war sich Meier sicher. Er saß und wartete, das hatte er gelernt.

Dann bekam er das Geld in bar. Wassiliy zählte es vor, Meier nicht nach. Er vertraute, nahm seinen Koffer und ging.

So kannst du wiederkommen, hatte ihn Wassiliy verabschiedet, jederzeit.

•

Es war nach drei, als Meier wieder am Bahnhof war. Er nahm sich ein Zimmer im Viertel, auf den Namen des Tierarztes, bezahlte in bar, er müsse morgen früh los. Kaufte sich eine einfache Umhängetasche und ein Ticket nach Konstanz, ging in einer Internetbude ins Netz, Google Earth, und sah sich die Gegebenheiten an. Fand alles so vor, wie es ihm Ludger im Knast beschrieben hatte, Ludger Krönkle, Dr. Ludger Krönkle, ein Rechtsanwalt, der seine Klienten betrogen und ihr Vermögen veruntreut hatte. Achtstellige Summe, hatte zwölf Jahre gekriegt, dazu Zulassungsentzug, Doktortitel aberkannt, aber das Geld war nicht zu finden. Den Rollkoffer wollte Meier ins Schließfach sperren, den würden sie bei den turnusmäßigen Kontrollen spätestens übermorgen finden, leerer Koffer, vergessen oder entsorgt, was ja auch stimmte. Und irgendwann sicher versteigern. Aber er sah die Kameras und rollte an den Schließfächern vorbei. In einem Secondhandshop bekam er dafür noch fünfzehn Euro.

Am frühen Nachmittag überquerte er in der Nähe der Schwedenschanze zu Fuß die Straße wie ein kleiner Büroangestellter oder Beamter, ein unauffälliger Mann, und war in der Schweiz. Dass er die Straße länger beobachtet hatte, war niemandem aufgefallen, wie man sich unsichtbar machte, wusste er. Alles war so wie von Ludger beschrieben. Aber er war nervös, und das ärgerte ihn. Beim nächsten Mal wäre er ruhiger, er musste das einfach lernen, in den Griff kriegen.

Zielstrebig lief er durch die Straßen und erreichte das Bankhaus Wolff & Walden, von außen eher ein schlichter Bau, doch die Empfangshalle war erstaunlich groß. Und gediegen.

Bitte zu Herrn Cartoise, Prokurist.

Ob er einen Termin habe?

Nein.

Um was es gehe? Wen könne sie melden?

Er wolle ein Konto eröffnen. Und sagen Sie bitte »Mit Grüßen von Herrn Rechtsanwalt Dr. Krönkle«.

Die Frau am Schalter sah ihn an. Um welche Summe es gehe?

Um genug. Er wusste: Unter einem sechsstelligen Betrag würde man ihn hier nicht annehmen, bei allem darüber aber dezent und mit absoluter Verschwiegenheit behandeln. Krönkle hatte Erfahrung.

Sie ging. Dann ließ man ihn warten, ganz sicher beobachtete man ihn. Meier stand ruhig, vertiefte sich in einen Prospekt hochwertiger Immobilien, nahm vom Außenherum sichtbar keine Notiz.

Wenn Sie bitte mitkommen?

Man führte ihn in ein Büro.

Keine eineinhalb Stunden später wechselte er wieder über die Straße nach Konstanz, niemand fragte etwas, niemand hielt ihn auf. Einen kleinen Betrag hatte er in bar behalten, das war erlaubt. Der niedere Beamte schlug wieder seinen Weg zum Bahnhof ein.

•

Kurz nach Sonnenuntergang war er zurück in seinem Haus, der Himmel zeigte alle Farben von Gelb über Orange und Rot bis hin zu dunklem Blau im Osten, die Vögel flöteten längst ihr Abendlied. Er würde ein Postfach eröffnen und die Daten in den nächsten Tagen an Wolff & Walden übermitteln, die Kontokarten würden dann mit der Post kommen. Nicht an die Adresse des Hauses an der Bahn.

•

Na, ein paar Tage nicht daheim gewesen? Der Nachbar stand noch am Zaun. Selbe Hose, selbes verdrecktes Hemd, unrasiert. Ob er das Licht genoss, die reichen Farben des Himmels? Er grinste leicht süffisant. Ihm entging hier nichts.

Ja, musste mal weg.

Geschäfte gemacht?

Kann man so sagen, ja.

Oder etwas anderes? Er schob den Daumen zwischen Zeige- und Mittelfinger, eindeutige Geste. Grinste dazu blöd. Abstoßend sah das aus, widerlich.

Vielleicht, ließ er den Alten im Ungewissen. Verständigung unter Männern, Zwinker. Am liebsten hätte er ihm gesagt, dass er sein Maul halten soll. Aber streite dich nie mit deinen Nachbarn, eherne Regel. Du weißt nie, wozu du sie brauchen kannst. Außerdem fangen sie an, dich zu belauern, wenn du Streit mit ihnen hast, sie gegen dich sind. Kriegst du nie wieder gerichtet.

Meier sah in den Briefkasten, leer, ging ins Haus. Aß etwas, legte sich schlafen.

•

Draußen donnerten die Züge vorbei, alle paar Minuten, während der gesamten Nacht. Im Dunkeln schienen die Züge lauter zu sein, und das Haus erbebte anders als am Tag. Aber wenn sie in die Ferne verschwanden, ihr Rauschen langsam verebbte irgendwo im Dunkel der Nacht, folgte er ihnen mit seinen Ohren. Sie machten ihm die Welt weit.

VI

Am nächsten Morgen pochte es an der Tür. Halb neun. Meier trank gerade Kaffee, noch im Unterhemd. Er zuckte für einen Moment zusammen. Wer klopft schon so früh? Wer wollte so früh zu ihm? Einfach so klopft niemand.

Er erwartete niemanden, kannte hier niemanden, und niemand kannte ihn.

Polizei? Hatte er einen Fehler gemacht irgendwo? War er doch gesehen worden? Beobachtet? Verdächtigt? Das konnte eigentlich nicht sein, er hatte auf alles geachtet.

Hatten sie ihm hinterherspioniert? Herausgekriegt, wo er sich aufhielt? Aber warum? Er war ein freier Mann. Aus dem dunklen Hintergrund des Zimmers spähte er hinaus auf die Straße. Dort stand einer, sah die Straße hinauf und hinunter. Und an der Türe musste noch einer sein, mindestens. Der, der geklopft hatte. Oder die. Nein, keine Frau, war ein Männerklopfen gewesen, eindeutig.

Er müsste sich mal um die Klingel kümmern. Für einen Moment rasten seine Gedanken. Sollte er abhauen? Hinten hinaus? Oder so tun, als sei er nicht da, einfach nicht öffnen? Die Zugfahrt. Der Grenzübertritt. Die Fahrt zu Wassiliy. Hatte ihn doch jemand beobachtet, verfolgt?

Wenn einer direkt vor der Tür stand, konnte er ihn nicht sehen. Schlecht, sehr schlecht. Er musste hier etwas verändern. Einen Spiegel vielleicht, besser einen Spion. Noch immer pochte sein Puls.

Ruhig, Meier, so schnell darf das nicht vorbei sein. Es fängt ja gerade erst an.

Vielleicht sollte er sich doch eine Waffe besorgen? Dann könnte er dem Spiel schnell ein Ende setzen, wenn es sein müsste. Schnell und laut. Und nicht alleine gehen. Aber nein, er wollte keine Waffe. Grundsatz.

Und nein, niemand war ihm gefolgt.

Er machte eine Wette mit sich selbst.

Und öffnete.

Ja? An der Türe ein Mann, ein zweiter draußen auf der Straße.

Sind Sie der Meier? *Der* sagte er, nicht *Herr*. Aber das war keine Polizei.

Ja.

Guten Morgen. Ich bin der – und schon setzt der wie selbstverständlich seinen Fuß auf die Schwelle, unmissverständlich bedeutend: Ich trete jetzt ein! Also doch Polizei? – Schorsch. Also doch *keine* Polizei! Ich bin von drüben aus der 56. Ein Nachbar also. Er forderte Meiers Hand. Kleinknecht, Schorsch Kleinknecht. Kannst mich Schorsch nennen.

Meier überriss kurz. 56. Sein Haus war die 47. Also andere Straßenseite, sechs bis acht Häuser weiter. Halber Nachbar.

Ein Zug donnerte vorbei, kurzer Triebwagen nur.

Der, der sich Schorsch nannte, winkte dem anderen zu. Und das ist der Hans, der Lohmeiers Hans von der 72.

Also fast vom Ende der Straße.

Komm doch rein, Hans, rief ihm der Schorsch zu. Machte einen Schritt nach vorn, hinein, Meier hatte keine Chance, wollte die Nachbarn auch nicht brüskieren. Also musste er ihr Spiel mitspielen.

Wollten mal sehen, wer hier bei uns eingezogen ist in der Bahnsiedlung, und uns vorstellen, klar. Sie sahen sich um. Schamfrei. War *ihre* Siedlung, also *ihre* Regeln.

Ja, Sie sehen ja, sagte Meier, wieder ganz Herr seiner selbst, gerade erst eingezogen. Alles noch etwas spartanisch. Das alte Zeug habe ich fast alles rausgeschmissen. Entsorgt. Konnte ich nicht gebrauchen. Kaffee? Er musste den beiden etwas anbieten, konnte sie nicht gleich wieder rauskomplimentieren. Rausschmeißen. Verjagen. Auch wenn alles in ihm danach schrie. Ruhig, sagte er zu sich, ruhig.

Neinneinnein, nur keine Umstände, wir müssen ja gleich wieder fort, sagte der Hans. Und der Schorsch: Wir wollten doch nur mal sehen. Übrigens: Ich bin Schreiner, wenn du mal etwas brauchst. Und der Hans ist Elektriker. Wenn am Strom mal was ist. Nur falls. Mit den Sicherungen, den Leitungen oder so. Ist ja hier auch schon alles alt, da ist schnell mal was. Waren ja ganz andere Leitungen früher. Der Hans nickte dazu. Brauchst bloß zu klingeln. Sie inspizierten die Zimmer im Erdgeschoss, gingen wie selbstverständlich vom einen zum anderen.

Einen Schnaps vielleicht?

Was haste denn da?

Willi, sonst nichts, leider. Trink nur sehr selten.

Willi ist gut, ja. Du auch einen, Schorsch?

Der nickte, Meier holte Gläser, schenkte ein, sich keinen. Kann ich nicht, so früh was trinken. Die beiden lachten. Wir schon, kommt schon mal vor.

Sorry für die Gläser, ich hab nichts anderes. Meier hatte ihnen zwei kleine Trinkgläser hingestellt.

Passt schon, prost. Sie tranken. Und was machst du so?

Wieder diese Frage! Beruflich?

Ja, beruflich.

Handel.

Handel? Ach ja. Und was?

Dies und das. Unterschiedlich. Import und Export. Was sollte er denen denn sagen.

Und was ist *Dies und das*? Die zwei ließen nicht nach. Einfache Menschen. Brauchten etwas Konkretes. Etwas zum Anfassen, Begreifen.

Viel am Telefon, machte Meier es plastisch. Warentermingeschäfte, viel im Kundenauftrag, international. Auch Zollformalitäten und so. Er hatte überhaupt kein Telefon, Festnetz sowieso nicht und Handy wegen der Ortung.

Ach so. Warentermingeschäfte, Zollzeug. Die beiden kannten die Worte, aber verstanden nicht, was es war. Gaben sie aber nicht zu, gaben sich damit zufrieden. Was es alles gibt. Klingt ja hochinteressant.

Sie hatten die Zimmer durch, wirkten eher enttäuscht. Nach oben wollten sie nicht, oben hat man nichts, da wird bloß geschlafen. Und unten nichts gefunden, worüber man hätte reden können. Ja, wir gehen dann mal wieder. Und wie gesagt: Wenn du mal was brauchst. Handwerker. Gibt es noch mehr davon hier in der Straße. Maler, Maurer, einen Uhrmacher, Frisör. Was man so braucht.

Einen Arzt haben wir nicht. Hans lachte. So was wohnt hier nicht, so an den Schienen. Hatte er recht.

Sie gaben ihm die Hand, gingen. Wir kommen mal mit einer Flasche vorbei, Kennenlernen.

Nicht nötig, muss nicht sein, danke. Der Hund der Nachbarin kläffte, sprang am Zaun hin und her. Sailor!, schimpfte sie ihn. Sailor, hör auf! Sie sprach das Sailor wie Sälör. Der Hund scherte sich einen Dreck darum, kläffte weiter, sprang gegen den Zaun. Würde er sich nie mehr abgewöhnen.

•

Alles falsch, was ich gedacht habe, überlegte Meier, endlich wieder allein. Diese Häuser an der Bahn hatten kein Vorne, keine Vorderseiten, nur Rückseiten? Quatsch. Ja, an der einen Rückseite der Häuser waren die Gärten und fuhr die Bahn. Laut, schnell, ständig, unwirtlich, dreckig. Auf der anderen waren die Vorgärten, klein, und die Straße. Keine Rückseite, sondern Vorderseite. Aber keine Wohnseite, hier hielt man sich nicht auf, ging man nur durch, nur zum Eingang, hier lebte man nicht. Hier waren keine Bänke, keine Hollywoodschaukeln, keine Sonnenschirme, nur Mülltonnen, spärliche Grasflecken und Zaun. Was hatte er sich da nur zusammenphantasiert! Die Menschen hier lebten abgewandt vom Leben draußen, abweisend, zurückgezogen, privat? Mit dem Rücken zur Welt, wollten, lebte er dort, nichts von ihm? Was für ein Unsinn. Wie war er nur darauf gekommen? Wie konnte man sich so etwas einbilden? Unsinn, hier war alles normal. Hier fiel er auf, weil er neu war. Und er würde noch mehr auffallen, weil er anders war. Nichts von denen wollte. Was nicht gut war. Denn Auffallen verursacht Neugier, und Neugier verstärkte Beobachtung und Gerede. Ein paar Wochen oder Monate würde das gehen hier, wenn er mitspielte, aber nicht auf Dauer. Sicher nicht. Vielleicht müsste er doch in die Stadt, Mietwohnung fünfter Stock links. Oder besser zehnter. Silo, irgendwo. Anonym. Da will dann keiner was von dir, und man lässt dich in Ruhe.

Hätte er sich eigentlich denken können. Was war er dumm. Oder er musste mit denen hier etwas machen. Den einen oder anderen engagieren, als Schreiner, Elektriker, Frisör, sonst was. Damit sie reden konnten. Konkretes hatten, sich nichts zusammenphantasieren mussten. Was immer gefährlich war.

Er musste entspannt bleiben, selbstverständlich, und offen sein. Den Rest würde die Zeit zeigen.

•

Die dicke Nachbarin stand drüben hinterm Haus, inmitten von bunten Plastiksäcken und Mülltüten. Meier saß im Dunkel des Raumes, wie heimlich, verborgen, sah ihr zu. Beim Nichtstun. Er konnte sie sehen, sie ihn nicht. War interessant. Sie bückte sich schwerfällig, öffnete eine Tüte, sah hinein. Sah aus, als dächte sie nach, tat sie aber nicht. Sicher nicht. Aber stöhnte. Ihr war das alles zu viel. Richtete sich wieder auf, sah ins Nichts. Öffnete eine neue, griff hinein, zog ein Stofftier heraus. Affe. Hielt ihn hoch, sah ihn an, stöhnte, pumpte. Das Leben schien ihr unheimlich schwer zu sein, eine Last. Sie stopfte das Tier wieder zurück, nächster Sack. Meier war belustigt und ein wenig gebannt. Sie nimmt ihr Leben in die Hand und schafft Ordnung. Er konnte das Lästern nicht lassen.

War er ungerecht? Er sah nur, was er sah.

Dass sie sich überhaupt bücken konnte bei diesem Umfang. Aber sie schaffte es, irgendwie, war gelenkig. Rosafarbenes Kinderjäckchen, Kunstfaser, Kapuze, bis hierher zu sehen. Mit silbernen Sternchen. Hielt es hoch, hustete, zog hoch, spuckte verächtlich aus, stopfte es wieder zurück. Nach dem fünften Sack war sie am Ende, machte Feierabend. Tagwerk getan, zurück ins Haus, wahrscheinlich Arsch aufs Sofa, hatte sie selber mal so gesagt, und Fernseher an. Am helllichten Tag. Dazu, stellte er sich vor, Schokolade, Chips, Cola. Er würde eine Wette darauf eingehen, dass es so war.

Sie räumte noch wie nebenbei drei leere Hundefutterdosen auf dem Fensterbrett von rechts nach links, eine fiel herab, klapperte, blieb dort liegen. Hochgradig genervter Blick. Sälör! Die Töle kam nicht. War irgendwo im Gestrüpp, wahrscheinlich zum Kacken. Sie zündete sich eine Zigarette an, rauchte, wartete genervt. Sälör!

Vor dem Haus stand der Alte im fleckigen Unterhemd, beobachtete die Straße. Bewachte. Biss in einen Apfel. Passte überhaupt nicht zu ihm, viel zu gesund. Bierflasche würde passen. Klischee.

Ein Zug donnerte vorbei. Meier hatte sich schon fast daran gewöhnt, nahm es kaum mehr wahr.

•

Ungerecht war er nicht, aber leicht gehässig, das war ihm klar. Doch war man zu ihm nicht auch gehässig gewesen? Zehn Jahre für nichts? Ja, waren sie gewesen. Und ungerecht. Jetzt war er an der Reihe, er hatte kein schlechtes Gewissen. Und außerdem: Es waren nur Gedanken, und die taten keinem weh, er ließ sie nicht in die Welt. Die Welt war nicht gerecht, warum sollte er es sein. Er würde sich, wann immer sich die Gelegenheit ergab, nehmen, was er brauchte, immer und für alle Zeit. Das war seine Freiheit. Er würde sie sich nie wieder nehmen lassen.

•

Zwei Tage später. Schon wieder pochte es in aller Frühe an der Tür, diesmal um acht. Wieder war Meier schlagartig hellwach. Was zum Teufel ...? Wer wollte schon um diese Zeit etwas von ihm? Polizei? Hatte er ...? Hatte er nicht ...? Unwillkürlich arbeitete fieberhaft sein Kopf. War das nicht vorgestern erst so gewesen? Und dabei gleichzeitig der Gedanke: Polizei? Nein, schon wieder *nicht* die Polizei, klar nicht, warum auch. Er wurde entspannter.

Diesmal, konnte er durchs Fenster erkennen, stand keiner auf der Straße, nur ein roter Opel mit Anhänger. Den, der an der Tür stand, sah er nicht. Er musste sich unbedingt einen Spion einbauen, durfte er nicht vergessen. Meier öffnete.

Servus. Es war wieder der Schorsch, der Georg Kleinknecht von der 56. Ohne den Hans diesmal, den – wie hieß der noch gleich? – Lohmeier, ja, Lohmeier.

Ja? Meier zeigte, kurz angebunden, dass es noch sehr früh war. Der andere, der Schorsch, war ja vielleicht schon um sechs oder um halb sechs aufgestanden. Aber für Meier war acht Uhr noch sehr früh.

Sag mal, Meier. Der Schorsch blieb bei seinem Du, Sie gab es für ihn nicht. Nicht in der Nachbarschaft. Konnte Meier nicht ändern, hier duzten sich alle, also duzte er auch. Wurde wahrscheinlich auch von ihm erwartet.

Ja? Sollte er doch sagen, worum es ging, und nicht herumdrucksen.

Hättest du Zeit?

Jetzt?

Ja, jetzt.

Wofür?

Mir kurz was helfen. Kurz was mit anpacken.

Wie lange?

Na ja, äh. Die Antwort blieb vage. War eigentlich als Antwort nicht zu werten.

Wofür? Das war nun gleichbedeutend mit einem Ja. Zumindest ziemlich. Er hätte Nein sagen sollen. Müssen. Zu spät. Das müsste er noch lernen, einfach schneller sein im Kopf, wacher. Aber schon früh um acht ...? Wahrscheinlich war es gut, Ja zu sagen, das schuf Vertrauen. Außerdem sprach sich's dann rum in der Straße, dass er patent war, man ihn für etwas gebrauchen konnte. War also gut.

Nur schnell einen alten Schrank holen, drüben in einem der Nachbarorte.

Jetzt war er doch erstaunt über die Dreistigkeit. Ihn fragen, einen Schrank zu holen? Einen fast Unbekannten? Warum fragte der ihn? Fand der von denen hier keinen? Wollte ihm von denen vielleicht keiner mehr helfen? Vielleicht schon längst nicht mehr? Kriegte er sicher bald heraus. Nur nicht jetzt schon sich falsche Verbündete machen! Und außerdem, dachte er, Schrank holen, das hieß ganz sicher Schleppen, Tragen, Gewicht. Er hätte jetzt sagen müssen: Schleppen? Niemals. Mein Kreuz ist komplett ruiniert. Tut mir leid, das kann ich nicht!

Aber was sagte er? Wie lang wird das dauern. Ein glattes Ja ohne Zurück.

Nicht mehr als ein paar Minuten. Und natürlich die Fahrt.

Also eineinhalb bis zwei Stunden, schätzte Meier grob. Er kannte diese Art des Fragens. Das konnte ja noch was werden.

Schorsch aber hatte längst verstanden: Meier hatte Zeit. Wenn wir jetzt losfahren, sind wir in einer Stunde zurück.

Dann lass es uns hinter uns bringen, dachte Meier. Ich brauche noch fünf Minuten. Bin gleich da.

Schorsch ging zurück zu seinem Wagen, rauchte eine auf der Straße. Fünf Minuten später kam Meier heraus, ungefrühstückt. Hatte sich nur schnell eine Handvoll Wasser ins Gesicht geschmissen, Zähne geputzt, angezogen, fertig.

Toll, dass du das machst. Hans kann nicht, hat gestern wieder gesoffen. Säuft zu viel, der Kerl. Kannst du früh zu nichts gebrauchen. Er fuhr los, hinten klapperte der Hänger. Im Wagen roch es nach kaltem Rauch, der Aschenbecher quoll über. Oder war es Schorsch, der nach kaltem Rauch roch? Wahrscheinlich seine Klamotten.

●

Der »Nachbarort« war fast zwanzig Kilometer entfernt. Der Schrank, ein riesiges, uraltes Trumm, das man nicht zerlegen konnte, stand in einer Garage. Vollholz, vorvoriges Jahrhundert, mindestens zwei Zentner schwer. Unhandlich, sperrig. Meier untersuchte den Schrank. Musste doch irgendwie zu zerlegen sein. Fand einen doppelten Boden, hebelte ihn heraus. Vielleicht ließ sich ja so das Gewicht reduzieren. Stieß auf einen Hohlraum, ein verstecktes Fach, stutzte. Traute seinen Augen nicht. Scheiße. Sollte er dem das sagen?

Schau dir das mal an.

Was denn?

Ja schau doch!

Ja leck. Der Verkäufer war nicht da, war zurück ins Haus gegangen, der Schrank war nicht mehr sein Problem.

Und jetzt?

Schorsch sah sich um. Mach schnell wieder zu.

Wieder zumachen?

Natürlich. Schnell, und kein Wort!

Willst du die mitnehmen?

Logisch, was sonst. Im Fach waren vier Pistolen.

Mitnehmen? Wusste der Besitzer nichts von dem Fach, nichts von dem Inhalt? Anscheinend nicht, er hatte den Schrank erst geerbt. Deshalb stand er auch in der Garage.

Wirklich? Meier war sich nicht ganz sicher. War aber nicht sein Schrank. Du willst die wirklich mitnehmen? Alles in ihm sträubte sich. Das war unklug!

Was sonst? Wer weiß, was da noch drin ist. Eigentlich dachte der ganz normal, beruhigte sich Meier.

Sie wuchteten den Schrank aus der Garage auf den Hänger und fuhren fort.

Kannst du keine gebrauchen? Kannst ruhig eine von haben. Ah, so lief das. Mitwisser, Mitschweiger, Mittäter. Aber warum eigentlich nicht? Gedanken stritten sich. Nie eine Knarre, war sein Vorsatz – aber wenn du nur zugreifen musst? Kann doch eigentlich nicht schaden, eine zu haben – musst sie ja nicht benutzen. Er verschob die Entscheidung, wusste aber schon, wie sie ausgehen würde. Konnte nichts dagegen tun. Er war eindeutig im Zwiespalt.

Lass uns die Dinger daheim erst mal in Ruhe ansehen.

•

Es waren zwei Parabellum-Pistolen aus dem Ersten Weltkrieg, eine Walther P38 und eine Mauser Astra 600 aus dem Zweiten. Alle gut erhalten, alle mit je acht Schuss, aber die Magazine leer.

Wem hatte denn der Schrank gehört?

Dem alten Bürgermeister des Kaffs. Ist erst gestorben, steinalt. Verkauft hat ihn jetzt sein Sohn.

War der Alte bei den Nazis?

Keine Ahnung. Du meinst wegen der Waffen?

Ja.

Ich denke mal, wenn er damals schon Bürgermeister gewesen ist, ja. Auch der Vater war schon Bürgermeister. Die waren immer Bürgermeister.

Wer weiß, was der mit den Waffen alles getrieben hat, dachte Meier. Aber sagte nichts mehr.

Er sprang über seinen Schatten, hatte ein schlechtes Gefühl. Ahnte, dass er einen Fehler machte. Dann gib mir eine von den Parabellums. Waren gute Pistolen, wusste er aus dem Knast. Man lernt viel hinter Gittern. Weil da Leute sind, die du sonst nicht triffst.

Sie machten es so. Und waren quitt.

Jetzt hatte Meier eine Pistole. Nirgends gekauft, nirgends registriert, unverfolgbar. Das eröffnete völlig neue Möglichkeiten. Aber wollte er das wirklich? Die Frage war unsinnig, er hatte sie. Innerlich zerrissen.

Trotzdem: Vier Tage später hatte er auch Munition. 9mm. Eine Schachtel mit fünfzig Patronen. War nicht besonders schwer gewesen mit den richtigen Kontakten. Und er hatte die Parabellum gereinigt. Lauflänge einhundert Millimeter, kaum fünfhundert Gramm Gewicht. Deutsche Wertarbeit. In Kriegsdingen waren die schon immer gut. Wahrscheinlich wusste die ganze Siedlung längst, dass er eine Waffe hatte – aber die hatten ja auch welche. Man hatte sich gegenseitig in der Hand. Was nicht unbedingt schlecht war, solange es keinen Streit gab.

Aber das ungute Gefühl ließ ihn nicht los. Er musste sie gut verstecken, durfte sie nie mit sich führen, das wäre dumm. Er versuchte, sich zu beruhigen. Vielleicht würde er sie bald zurückgeben.

•

Es passierte nicht viel in diesen Tagen. Züge donnerten vorbei, der dicke Nachbar stand am Gartenzaun, bewachte die Straße, kratzte sich am Bauch. Der Köter kläffte, die Dicke keifte, rauchte, wühlte im Müll und stellte neue Tüten dazu. Meier arbeitete im Garten oder war im Haus. Überlegte, machte Pläne, verwarf sie wieder, es war nichts Richtiges dabei. Hatte aber auch keine Eile, fürs Erste war er versorgt, und in der Nachbarstadt hatte er ein Postfach gemietet. Er konnte sich Zeit lassen. Kam Zeit, kam Rat, auch das hatte er gelernt.

Einmal klingelte es. Ein kleines Mädchen, strubbelig, Rotznase, zerlumpt. Sah ihn bedürftig an, zeigte einen Zettel vor, irgendwas mit vielen Kindern, Krankheit und kein Geld. Bettelte. Meier ging zurück ins Haus, holte ihr etwas. Einen Zehner.

Wenige Minuten später klingelte es erneut. Ein Älterer, er sei der Vater. Zehn reichen nicht, er brauche fünfzig. Für mit den

Kindern zurück in Heimat. Hier keine Arbeit, alles schwer. Leute schlecht, du aber gut. Du haben Herz. Meier wehrte ab. Oder, schwenkte der »Vater« um, ich hier arbeiten, deutete ins Haus, auf den Garten. Bin stark, kann viel machen. Meier schickte ihn fort, sehr bestimmt, auch wenn er ihm leidtat. Waren arme Menschen, aber das war ihr Geschäftsmodell. Schickten die Kinder vor, kriegten sie etwas, kamen die nächsten nach. Wer gibt, hat ein weiches Herz, vielleicht auch beim zweiten Mal. Musste man versuchen, das war die Strategie. Aber Meier kannte die Masche. Auch aus dem Knast, sehr gute Lehrzeit. Betteln war deren Beruf. Kamen für drei Monate hierher, verdienten damit mehr als daheim mit Arbeit – wenn sie eine hatten. Meistens nicht. Wohnten während der Zeit hier im Auto oder in Häusern wie bei Wassiliy. Zu acht in einem Raum, oftmals mehr. Nichts zu kriegen war deren Berufsrisiko, aber die Masche zog nicht bei Meier. Oder hatte er ein hartes Herz? Nein, jeder macht seinen Job, und er hatte ja schon gegeben.

•

In der Woche darauf fuhr er zum Grab seiner Mutter. Brachte ihr Blumen, dachte an sie. Zwei Tage war er unterwegs. Als er zurückkam, stellte er fest, dass jemand im Haus gewesen war. Hinten durch den Garten zur Küchentür hinein. Es fehlten die fünfhundert Euro aus der Schublade, als Köder dort ausgelegt. Der Rest des Bargeldes im Haus war nicht angetastet. War aber auch gut versteckt.

Wer ging hier ins Haus, brach bei ihm ein? Jemand aus der Nachbarschaft? Nur die wussten, dass er weg war, nur sie hatten ihn fortgehen sehen, in den Bus steigen. Vielleicht. Oder vielleicht die Bettler, hatten die hier spioniert? Glaubte er eigentlich nicht, er sah die anders. Der dicke Nachbar im fleckigen Unterhemd am Zaun hatte bestimmt etwas gesehen. Dem Wachhund entging niemand und nichts.

•

Hallo, Nachbar. Er stand auch jetzt am Zaun. Sein Hemd war jedesmal fleckiger, oder bildete Meier sich das ein?

Wasn?

War gestern oder heute jemand hier? Also wollte jemand zu mir?

Was? Ganze Sätze kannte der Alte nicht, konnte er nicht, wollte er nicht. Nur Satzbrocken, voller Selbstverachtung hingerotzt. Ob der auch so dachte?

Ob jemand hier war, ob er jemanden gesehen hat?

Bei dir?

Ja, hier im Haus. Gestern oder heute.

Nee.

Gut. Wozu stand denn der Alte den ganzen Tag am Zaun, wenn er nichts sah?

War wohl jemand drin? Die Neugier. Jetzt nur nicht sagen, dass eingebrochen worden war, sonst wusste das morgen die ganze Straße.

Nein.

Warum fragstn dann?

Nur so, es hätte ja sein können, dass ich Besuch hatte.

Der Alte kratzte sich am Bauch. Stemmte dann beide Hände wieder ans Gartentürchen. Na ja, weißt, wenn einer von hinten über die Bahn, das seh ich hier vorn nicht. Wow, was für ein langer Satz. Der auch zeigte, dass für ihn feststand, dass tatsächlich jemand im Haus war – und unbefugt. Dumm war er nicht. Nicht so dumm wie dreckig.

Aber der Hund hat auch nicht gekläfft.

Der ist ja auch nicht die ganze Zeit draußen. Die dicke Frau ließ den doch nur fürs Geschäft raus. Sälör. Immer nur für ein paar Minuten.

Hast schon recht, ja. Fehltn was?

Unclever war er auch nicht, der Alte. Jede Antwort war jetzt eine Bestätigung für ihn, dass jemand im Haus war. Meier musste vorsichtig sein – oder ergab das überhaupt noch Sinn?

Wenn keiner da war, kann auch nichts fehlen.

Und wieso fragst dann?

Hätte ja sein können, war ja zwei Tage nicht da.

Der Alte brummelte. Verschränkte die Arme über dem Bauch, sah ihn geringschätzig an.

Also, es ist niemand da gewesen.

Nö.

Ich warte nämlich auf jemanden.

Ach so. Die Tür hinter dem Alten öffnete sich einen Spalt, der Kläffer stob heraus. Bellte wie angestochen.

Halt's Maul, Sälör.

Sailor, die Töle, wurde nur noch wilder. Sprang von innen gegen das Gartentor, wollte hinaus. Meier an die Hose. Der Alte trat nach ihm. War zumindest ein Versuch, aber er war viel zu langsam, unbeweglich und alt.

•

Es klingelte zwei Tage darauf. Kleinknecht, der Schorsch. Bei dir haben sie eingebrochen?

Quatsch.

Hat man mir aber gesagt.

Hier hat keiner eingebrochen. Wer erzählt so was?

Alle. Die ganze Straße.

Meier schüttelte den Kopf. Die Siedlung hier hat Augen. Und Ohren. Und schwätzt. Völliger Unsinn, hier ist nichts gewesen.

Der Lonner hat aber was gesehen.

Lonner?

Mein Nachbar. War im Garten.

Was hat der gesehen?

Da sind zwei über die Gleise.

Wann?

Vorgestern, als du nicht da warst. Vormittags.

Und?

Weiß nicht, hat der Lonner nicht gesehen. Könnten aber bei dir übern Zaun ... Und zehn Minuten später sind sie wieder zurück. Wieder über die Gleise.

Aber bei mir war niemand. Ist nicht eingebrochen worden.

Ich frag ja nur, wegen der Knarre. Nicht dass die einer findet.

Meier lachte. Die kommt nicht weg, die findet niemand.

Von mir hast du die nicht, verstanden?

Meier sah Kleinknecht an. Ich hab gar keine Knarre.

Kleinknecht nickte zufrieden. Stimmt, wir auch nicht.

Wir hatte er gesagt. Also hatte er sie schon verteilt. Er musste die Pistole loswerden, ihm wieder zurückgeben. Jetzt war aber nicht die Gelegenheit, außerdem hatte er einen Verdacht. Vielleicht würde er sie doch brauchen. Bald.

Was waren das für welche, die da über die Gleise sind?

Mädchen. Junge Dinger. Keine deutschen.

Woher will er das wissen?

Das sieht man. Waren dunkle Typen. Südländisch.

Und Mädchen?

Ja, Mädchen.

Na, haben wahrscheinlich gespielt. Drin bei mir waren sie auf jeden Fall nicht. War überhaupt keiner drin. Hätte ich ja merken müssen. Fehlt ja auch nichts.

Dann ist ja gut. Aber du siehst: Auf die Leute hier kannst du dich verlassen. Sehen alles, keiner kommt hier ungesehen rein, irgendeiner sieht immer was.

Südländisch, hatte er gesagt. Dunkler Typ. Bei denen hatten die also auch gebettelt, folgerte Meier, und sie hatten gesehen, dass sie bei ihm waren. Wollten es jetzt denen in die Schuhe schieben. Aber die machen so was nicht, die betteln. Wer einbricht oder klaut, fliegt aus der Gemeinschaft. Diese Leute sind arm, aber keine Verbrecher.

VII

Das hatte sich Meier ganz anders gedacht, als er das Haus mietete. Nein, er würde nicht mehr lange hier wohnen bleiben. Zu viel Kontrolle, zu viel Überwachung, zu viel Interesse am anderen. War nicht das Umfeld, das er brauchte. Mädchen, hatte der Schorsch gesagt. Südländisch. Und Tage vorher die beiden Bettler? Seine Gedanken machten ihn unsicher. Vielleicht doch eine Bande? Hatten sie im Knast auch drüber geredet. Saßen ein paar von denen ein. Von den Chefs. Waren aufgeflogen und ausgeliefert worden, internationale Zusammenarbeit.

Die schicken die Mädels. Unter vierzehn, also noch nicht strafmündig. Unverdächtig, weil Mädchen. Und klein, zierlich und beweglich, kamen überall rein. Ziemlich gut ausgedacht. Die Beute wurde dann abgeliefert und geteilt. Waren deutschlandweit so unterwegs gewesen eine Zeit lang, durchorganisiert, voll professionell. Die Chefs hatten drüben gesessen in ihren Villen und die Armeen losgeschickt. Jetzt aber saßen sie im Knast. Und außerdem: Wenn schon, warum dann bei ihm, warum nicht auch bei den anderen? Zumindest in einem der Häuser? Davon hatte der Schorsch nichts gesagt?

Irgendwie roch das komisch. Wachsam bleiben, was anderes blieb ihm nicht. Und ausziehen, weiterziehen, etwas anderes blieb ihm kaum.

Das habe ich schon festgestellt, lachte er, nichts bleibt hier unbemerkt. Wie in den Schweizer Bergen.

In den Schweizer Bergen? Kleinknecht verstand nicht.

Da kannst du dich nicht unbemerkt bewegen, erklärte Meier. Hatte er erlebt, vor den Jahren im Knast. Beim Wandern. Das sind die Jäger dort. Den ganzen Tag am Fernglas. Wo die Gämsen hingehen und ob neue kommen. Aus einem anderen Revier. Die kennen jede Gämse, sehen alles. Auch jeden Wanderer. So wissen die immer, wo du bist. Aber du siehst die nicht. Nie.

Kleinknecht lachte auch. Na ja, hinterm Fernglas sitzt hier noch keiner. Aber das andere stimmt schon. Nichts bleibt hier ungesehen. Siedlerehre. Wir passen aufeinander auf.

Meier hatte längst seinen Verdacht. Die Zeit würde es zeigen. Und er hatte auch schon einen Plan.

•

Herr Meier?

Ja.

Sie nannten seinen Vornamen.

Ja.

Geburtsdatum? Stimmte.

Die Schmiere, zwei Mann hoch. Der Wagen parkte direkt vorm Haus. Der Nachbar stand am Zaun, Unterhemd, glotzte. In fünf Minuten wusste es die gesamte Straße. Können Sie sich ausweisen? Schräg gegenüber ging schon das Fenster auf, die Nachbarschaft bekam Ohren.

Er konnte. Bekam seinen Pass zurück.

Dürfen wir einen Moment hereinkommen?

Eher nicht, nein. Meier stellte sich breit in die Tür. Nur mit Durchsuchungsbefehl. Er kannte seine Rechte.

Hatten sie keinen. Sie blieben auf der Schwelle.

Wo waren Sie am – sie nannten ein Datum.

Meier überlegte. Kann ich nicht sagen, müsste ich nachsehen.

Wir hätten einen Vorschlag.

Ja?

Bei Wassiliy Suaschwili.

Bullenpack! Spionierten die ihm nach, beschatteten die ihn? Oder hatte jemand aus dem Umfeld von Wassiliy ...? Quatsch, die blufften. Er war sehr vorsichtig gewesen, konnte sich auf sich verlassen. Kannte auch deren Tricks. Nein, die führten ihn nicht aufs Glatteis. Was wussten die denn überhaupt? Nichts, gar nichts. Sie wussten nur, wo er wohnte, war auch kein Wunder, er hatte sich ordnungsgemäß angemeldet. Also ruhig bleiben, Meier! Durchatmen, Puls kontrollieren, runterfahren.

Wer ist das? Wo soll das gewesen sein? Tut mir leid, kenne ich nicht.

Sie sahen ihn an. Gregory. Mehr sagten sie nicht.

Gregory? Der Tschetschene aus dem Knast? Es hatte keinen Sinn, das zu leugnen, Gregory kannte er, und das war kein Geheimnis.

Der aus dem Knast, ja. Sie schienen zu triumphieren.

Ich hab mit ihm in einem Haus gewohnt, jahrelang. Meier lachte. Klar, dass ich den kenne. War kein sehr Angenehmer.

Also waren Sie bei Wassiliy.

Schon wieder diese Masche. Ich kenne keinen Wassiliy, wer soll das sein? Das müssten sie ihm erst mal beweisen.

Sind Köpfe desselben Clans.

Keine Ahnung. Mit den Tschetschenen hab ich nichts zu tun. Drinnen mit Gregory ja, wohnten im selben Flur, haben uns öfter unterhalten, auch Schach gespielt, konnte ja sonst keiner. Aber draußen? Da sei Gott vor, nicht meine Gesellschaft.

Sie sind gesehen worden.

Dreist, so etwas zu sagen. Und so durchschaubar. Sie lügen.

Das kratzte ihnen an der Bullenehre. Wir haben Beweise.

Meier blieb hart. Dann her damit, ich bin sehr gespannt. Er pokerte hoch, aber er musste. Keine Wahl.

Sie wurden observiert.

Dann haben Sie ja Beweise. Also nehmen Sie mich mit.

Das werden wir auch machen. Drohten sie ihm? Wenn sie keinen Durchsuchungsbefehl hatten, durften sie nicht rein, und wenn sie keine Beweise hatten, konnten sie ihn auch nicht mitnehmen. So einfach ging das nicht.

Sie haben mich observiert?

Ihr Handy. Bewegungsprofil. Spricht eine eindeutige Sprache. Der Bulle wollte triumphieren.

Hab ich nicht.

Was?

Ich habe kein Handy. Zeigen Sie mir das Profil. Jetzt war der Bulle blank, schaute ertappt und betreten. Versuchte es noch mal im Guten.

Hören Sie, wir haben Ihnen eine einfache Frage gestellt. Besser, Sie kooperieren. Wir können auch unangenehm werden.

Dann werden Sie es. Ich habe Ihre Frage beantwortet. Unmissverständlich. Aber Sie kommen mir mit Lügen. Geben Sie mir bitte Ihre Namen? Er musste sie jetzt stellen.

Die beiden reagierten nicht darauf. Hören Sie, es geht um einen Mord. Sie versuchten ihr letztes Geschütz.

Ihre Namen, bitte, Ihren Dienstgrad. Meier blieb unbeirrt.

Sie nannten sie ihm, widerwillig. Suaschwili wurde umgebracht. Wassiliy Suaschwili.

Unbeirrt notierte er ihre Namen, ihren Dienstgrad. Wohl ein bisschen zu viel *Tatort* geschaut? Er sah sie leicht spöttisch an. Dieses Oberwasser konnte er sich jetzt leisten, die Schmiere hatte nichts, aber auch gar nichts. Wussten, dass Gregory und Wassiliy irgendetwas miteinander zu tun hatten und dass er Gregory kannte. Das war's. Die Polizei stocherte im Nebel, und die zwei waren vorgeschickt worden, schlecht instruiert, und sollten Erkundigungen einholen. Schlechte Karten und schlecht geblufft, jetzt mussten sie aufdecken. Ich will sehen. Aber sein Hirn arbeitete. Mord. Und das soll ich gewesen sein? Warum? Mit welchem Motiv? Jetzt nicht schon wieder irgendeinen Beweis aus der Tasche ziehen, so wie den Zigarettenstummel damals. Ihm nicht schon wieder etwas in die Schuhe schieben. Er hatte noch nie jemanden umgebracht. Scheißspiel. Ich will sehen.

Hören Sie ... Schon wieder dieses Abwiegeln, der Versuch, eine gemeinsame Ebene zu schaffen.

Ja? Er täuschte Kooperationsbereitschaft vor. Die saßen jetzt am kürzeren Hebel, er konnte es sich leisten. Aus der besseren Position heraus verbündet es sich immer leichter.

Das Friedensangebot kam umgehend. Sie wissen also nichts? Waren nicht bei diesem Wassiliy?

Diesem Wassiliy, sagten sie. Sie hatten überhaupt keine Ahnung. Fast konnten sie ihm leidtun.

Ich kenne *diesen* Wassiliy nicht. Das *diesen* verstanden sie.

Sind Sie eigentlich hier gemeldet? Der eine Bulle wollte noch einmal angreifen, wechselte das Thema. Wollte fies werden. Hilfloser Scheinangriff.

Wie haben Sie mich denn gefunden?

Keine Antwort.

Sehen Sie. Wie sonst können Sie wissen, wo ich wohne? Vielleicht durch Ihre Observation meines Handys?

Die zwei sahen sich an, fühlten sich unbehaglich. Das gefiel ihnen nicht. Aber ihre Pfeile waren verschossen, ihre Köcher leer.

Wir kriegen Sie! Ausbund der Hilflosigkeit.

Was sagten Sie?

Wir kriegen Sie, wiederholte der Zweite.

Meier hatte genug. Die Bemützten meinen immer, sie wären stark, hätten die Gewalt auf ihrer Seite. Es gehört nicht zu ihrem Selbstverständnis, klein beizugeben oder etwas zuzugeben. Verlassen Sie bitte mein Grundstück. Er sagte das so laut, dass es die

Nachbarn hören konnten. Die Bullen parierten, gingen zurück zum Wagen. Stiegen ein, fuhren davon. Sie würden alles daransetzen, wiederkommen zu können, das war Meier klar. Sei's drum.

Drüben ging das Fenster wieder zu.

·

Waren die bei dir wegen der Knarre? Keine zehn Minuten später stand der Kleinknecht vor der Tür.

Meier schüttelte den Kopf. Wollte allein sein.

Gott sei dank. Kleinknecht wirkte erleichtert. Wäre besser, ich hätte sie dir nicht gegeben. Aha, offenbar wollte er die Parabellum zurück, traute sich aber nicht, es zu sagen.

Wusste gar nicht, dass du im Knast warst. Aha, das war es also. Das wusste jetzt sicher die ganze Straße. Weil die Bullen hier gewesen waren und man gelauscht hatte.

Meier zuckte mit den Schultern. Was sollte er schon sagen.

Hast eine umgebracht.

Wer sagt das?

Jetzt zuckte Kleinknecht mit den Schultern. Hat sich rumgesprochen.

Das konnte er nur von den Bullen haben. Über den Grund war nicht gesprochen worden. Nur über den Knast, nicht über Mord. Das haste von den Bullen, stimmt's? Die haben dich ausgefragt.

Kleinknecht schwieg, aber Meier sah ihm an: Ja. Jetzt bin ich hier der Mörder, nicht mehr der Meier. Einer, nicht mehr irgendwer. Also muss ich weg.

Gibst du mir die Knarre wieder? Jetzt sagte er es doch.

Nein.

Dann muss ich zur Polizei.

Musst du, ja. Mach nur. Dich selbst anzeigen.

Komm, gib sie mir. Der Kleinknecht versuchte es sanft.

Nein, die Waffe bleibt hier. Sollten sie doch Angst vor ihm haben, es war eh schon egal.

Du gibst sie mir nicht?

Nein. Und jetzt geh.

Dein letztes Wort?

Mein letztes Wort.

Kleinknecht ging.

•

Am Nachmittag ging Meier mit der Reisetasche die Straße entlang zum Bus. Demonstrativ. Setzte sich ins Bushäuschen, wartete.

Kleinknecht kam vorbei, natürlich. Mit dem Wagen. Hielt an, ließ das Fenster herunter. Soll ich dich mitnehmen? Wo willste denn hin?

Danke, ich nehm den Bus. Es lief alles nach Plan.

Haste die Knarre dabei?

Bin ich blöd?

Gut so. Kommste heut wieder?

Nein, is n Abendtermin, ich bleib über Nacht, Geschäftsessen. Ist besser so. Meier deutete auf seine Reisetasche. Da muss ich was trinken. Komm wahrscheinlich erst morgen Nachmittag. Wenn's richtig gut läuft, erst übermorgen. Lange Verhandlungen.

So viel zu tun?

Ja. Zu gerne hätte Kleinknecht erfahren, wo Meier genau hinwollte, was er genau tat.

In der Stadt?

Ja. Der Bus kam, das Gespräch war beendet, Kleinknecht musste die Haltebucht räumen und weiterfahren.

•

Ein paar Stationen später stieg Meier aus, setzte sich in ein Straßencafé der Vorstadt. Musste den Tag abwarten, den Abend. Konnte erst nachts aktiv werden.

Gegenüber ein Teppichgeschäft mit Ausverkauf. Bis zu 80% Rabatt!! Nur drei Tage! Alles muss raus! Ständig gingen Menschen hinein, ständig kamen welche heraus, oft mit einem Teppich auf der Schulter. Autos fuhren vor und luden ein.

Darf ich? Ein Mann deutete auf einen freien Stuhl.

Klar, selbstverständlich. Meier stellte die Reisetasche beiseite.

Waren Sie drüben? Der Mann deutete auf das Teppichgeschäft.

Meier schüttelte den Kopf. Nein.

Der andere schwieg, überlegte. Soll ich Ihnen etwas sagen? Er orderte einen doppelten Espresso, schien ordentlich unter Dampf.

Meier war's recht, er hatte Zeit.

Ich hab da drüben gearbeitet. Der Mann musste etwas loswerden, war deutlich zu spüren. Sein Espresso kam. Meier ließ ihn reden, nickte nur ab und zu.

War ein seriöses Geschäft. Wir verkauften nur gute Teppiche, faire Preise, keine Sonder- oder Teilausverkäufe wegen Umbauten, wie es die anderen immer machen.

Seine Tasse war schon leer. Ein einziger Schluck und weg. Bei uns wurde, fuhr er fort, nicht gehandelt, es gab Festpreise, und die waren günstig. Dazu viel Kulturprogramm. Konzerte, Infoveranstaltungen zum Teppich, Kochkurse für iranische Küche, mehrmals im Jahr Kulturreisen in den Iran. Alles voll durchorganisiert. Für interessierte Bürger.

Der Mann redete wie ein Wasserfall. Er winkte der Bedienung, orderte einen Weißwein. Franke, Silvaner, trocken. Und kalt!, rief er noch hinterher. Drüben strömten weiter die Leute rein und mit Teppichen wieder raus.

Muss viel Geld da sein heute Abend, dachte Meier. Vielleicht würde er doch noch mal hinübergehen. Interesse vortäuschen und sich umschauen, wo das Geld hinwanderte. Gelegenheiten sehen und nutzen.

Der Wein kam. Worauf wollte der Mann hinaus?

Unsere Kunden waren Ärzte, Rechtsanwälte, Lehrer. Leute mit Bildung und Geld. Kultur. Er schüttelte den Kopf. Sehen Sie die Leute da? Ich kenne fast jeden Einzelnen.

Er schien fassungslos. Aber was wollte er denn erzählen? Meier dachte an die Summen, die dort drüben liegen mussten. Nach dem ersten Schluck Wein war das Glas schon halb leer.

Und jetzt macht der Chef Ausverkauf. Braucht Geld, will das Haus kaufen. Er zeigte hinüber. Und der macht nichts auf Kredit, alles nur aus Bar- und Hausmitteln. Also muss er verkaufen. Sechseinhalbtausend Stücke hat er dort liegen.

Ja und? Meier täuschte Interesse und leichte Ungeduld vor.

Er hat einen professionellen Ausverkäufer engagiert. Solche Agenturen gibt es, machen nur das. Der Typ kam, sah sich die Ware an und sagte: Lassen Sie mich den Ausverkauf machen, ich garantiere Ihnen eineinhalb Millionen. Zwanzig Prozent für uns. Er kriegte den Auftrag.

Eineinhalb Millionen? Es wurde für Meier interessant, er spürte ein leichtes Kribbeln. Ergab sich hier zufällig eine Gelegenheit?

Und wissen Sie, was der Typ machte? Den Laden ne Woche zu und Inventur. Und dann Preisschilder an die Teppiche. Hundert Prozent über dem wirklichen Preis, hundertzwanzig Prozent, hundertfünfzig, sogar zweihundert. Und dann den Ausverkauf. Prozente, Prozente! Gelegenheit, Gelegenheit! Und was passiert? Schauen Sie nur hinüber. Was die alles rausschleppen!

Drüben war immer noch Männleinlaufen. Ohne Teppich rein, mit Teppichen wieder hinaus.

Wenn jeder dort nur tausend Euro lässt, dachte sich Meier, so eine Tageseinnahme …

Sein Gast schüttelte wieder den Kopf, orderte noch einen Wein. Ich kenne die alle. Waren immer da, aber haben seit Jahren nichts mehr gekauft. Oder nur selten. Und jetzt? Er schnaufte durch. Gehen Sie hinüber und sehen Sie sich das an: Die ziehen die Geldbündel aus der Tasche, blättern die Scheine nur so hin, kaufen wie die Wilden. Keine Quittung, kein Beleg, nichts. Alles überteuert.

Wollte er aufs Schwarzgeld hinaus, oder was war die Pointe? Meier wartete ab.

Die sind doch alle blind. Lassen sich alle verarschen. Raffen nur noch, die reine Gier. Man sagt ihnen Günstig! und Gelegenheit! und Einmalige Chance! … und das Hirn schaltet ab.

Sein Wein kam, und er trank sofort. Die kaufen nur, damit ihnen kein anderer zuvorkommt, *sie* das Schnäppchen machen.

Er nahm einen zweiten Schluck, sein Glas war wieder leer. Gebildete Menschen, Leute mit Geist. Bildungsbürger. Vernunft. Aber wenn man sie anfixt, nichts als Fleddern im Kopf, als Raffen und Gier. Niederste Triebe. Ein Lehrstück, könnte man sagen, wenn's nicht so traurig wär.

Jetzt hatte Meier verstanden. War aber nicht sein Problem. Oder irgendwie doch. Er winkte der Bedienung und zahlte. Nicht, weil er wegmusste, sondern weil er wegwollte. Sein Entschluss stand fest. Nein, er würde nicht hinübergehen. Sich nicht den Laden ansehen. Nicht schauen, wo sie das Geld hintaten. Denn er hatte heute Nacht schon zu tun. Durfte nichts übers Knie brechen, sich nicht verführen lassen und der Gier hingeben wie die dort. War eine gute Lektion gewesen. Immer schön eines nach dem anderen, immer in Ruhe agieren. Überlegt. Das war der Vorsprung, den er hatte. Und nutzen würde. Er nahm seine Reisetasche, grüßte, dankte und ging. Drüben schleppten sie weiter Teppiche raus und in ihre Autos. Und im Gehen sah er Fürsattl, den Kriminaler, der ihn reingebracht hatte. Der mit dem Zigarettenstummel.

•

Als es dunkel war, huschte er geduckt über die Gleise und stieg über den Zaun. Schlüpfte zum Hintereingang hinein, schloss die Tür, setzte sich mit dem Rücken zur Wand. Machte kein Licht an.

Atmete ruhig. Wartete.

Drüben ging der Mond auf, war schon beinahe voll. Leuchtete zum Fenster herein, warf Schatten. Alle zwei, drei Minuten donnerte ein Zug vorbei, manchmal zwei gleichzeitig, dann verebbte der Lärm in beide Richtungen. Schönes Hörspiel.

•

Sie würden kommen, wenn ein Zug vorbeibrüllte. Meier war sich sicher. Auch das Gespür für Leute kriegst du im Knast. Und sie würden von hinten kommen, von der Bahnseite her, nicht von der Straße. Weil es dann niemand sah, auch kein Nachbar. Zum Hintereingang, zur Küche. Wo Meier saß. Links hinter der offen stehenden Tür in den Nebenraum, im Mondschatten und kaum zu sehen. Die Parabellum geladen auf dem Schoß. Acht Schuss. Aber gesichert.

•

Die Zeit floss zäh. Bewegte sich kaum. Schien manchmal zu stehen. Er kannte das. Es war nicht leicht, wach zu bleiben. Die Uhr an der Wand tickte und schläferte ein. Hätte er längst rausschmeißen sollen. Oder sollte er jetzt noch? Nein, jetzt keine Bewegung mehr, falls sie das Haus beobachteten. Kein Schatten durfte sich mehr bewegen. Gut, dass immer wieder die Züge donnerten. Dann war er wieder hellwach, schlagartig. Bereit dafür, dass sie kamen.

•

Es war kurz nach zwei, als die Tür aufging. Sie hatten einen Schlüssel. Der Lärm eines Zuges brüllte für einen Moment herein, dann wieder Stille. Kleinknecht und noch einer. Sie waren sicher, dass niemand da war, sie allein waren. Aber machten kein Licht. Kleinknecht ging sofort zum Tisch, zielstrebig, öffnete die Lade. Er also hatte das Geld genommen! Meier schlug mit dem Fuß die Tür zu, griff zum Schalter, machte das Licht an. Die Parabellum in der Hand.

Hinsetzen! Zeigte mit der Waffe auf die Stühle. Und Hände auf den Tisch! Was sucht ihr hier?

Die beiden standen wie versteinert.

Hinsetzen!

Setzten sich, gaben keine Antwort.

Was sucht ihr hier? Meier wiederholte seine Frage. Nichts, presste Kleinknecht hervor. Nichts.

Lügner. Meier sprach ruhig. Ihr sucht nach Geld. Wart schon mal hier. Da waren fünfhundert Euro drin. Er deutete mit der Parabellum auf die Schublade. Jetzt sind sie weg. Und ihr habt gleich nachgeschaut, ob dort wieder etwas liegt.

Die beiden schwiegen. Kleinknecht nickte. Es tut mir leid.

Lügner!, fuhr ihm Meier ins Wort. Es tut dir nur leid, weil ich euch erwischt hab. Wärst wieder mit dem Geld abgehauen, wenn du etwas gefunden hättest. Ohne Leidtun. Lügner, Einbrecher und Dieb, das bist du. Unerlaubter Waffenbesitz kommt noch dazu. Drei Knarren – er ließ die Munition aus seiner Parabellum, steckte sie ein und warf ihm die Knarre hin –, und jetzt wieder vier. Er lehnte sich fast eine Spur zu souverän zurück. Hab alles gefilmt, ist schon auf dem Server. Deutete mit dem Daumen nach hinten, auf einen kleinen Kasten oben im Eck. Konnte eine Kamera sein. War gelogen, aber das wussten die zwei nicht.

So, und jetzt raus.

•

Noch in derselben Nacht verließ Meier mit seiner Reisetasche das Haus. Die Kameraattrappe hatte er abgebaut. Er würde zurück-kommen, aber nicht sofort. Er hatte das Haus ja noch ein paar Monate.

Er lief Richtung Stadt durch die Dunkelheit. Kein Bus fuhr, kein Taxi war unterwegs.

Irgendwann näherte sich langsam eine Streife, bremste ab, fuhr neben ihm, sie musterten ihn. Ließen die Scheiben herunter. Nicht die, die ihn besucht hatten.

Wohin?

Ich such ein Hotel.

Noch circa achthundert Meter geradeaus, dann links an der Ampel. Ein paar Häuser weiter, dann kommt rechts ein Hotel.

Ich weiß, ja. Trotzdem danke.

Der eine tippte mit dem Finger an die Stirn, dann fuhren sie wieder davon. Keine weiteren Fragen, keine Kontrolle. Er wirkte wohl nicht verdächtig. Kam ihm verdächtig vor, war aber gut. Denn es hieß: Man sah ihm den Knast nicht an. Zumindest nicht nachts, und darauf kam es an. Der normale Bürger überzeugte, ließ keinen Verdacht aufkommen.

VIII

Eine Tankstelle kam, hell erleuchtet, vierundzwanzig Stunden ge-öffnet. Gelbes Licht. Kein Betrieb, nur zwei Betrunkene seitlich am Tresen. Meier trat ein, bestellte Kaffee. Die Betrunkenen lach-ten ohne Grund.

Is was?

Neinneinneinnichts. Sie drehten sich weg. Waren nicht aggres-siv, nur betrunken vorlaut und albern. Meier bestellte einen zwei-ten Kaffee, nahm eine Flasche Wasser aus dem Kühlregal, zahlte. Stand herum.

Nicht viel los um die Zeit. Small Talk.

Nee, zwischen drei und fünf ist es ruhig.

Keine Angst so allein?

Wovor? Hier sind überall Kameras.

Das hilft?

Nicht wirklich. Wurde schon zweimal überfallen. Er lachte, war ein junger Mann. Wahrscheinlich Student.

Und bei den Überfällen keine Angst gehabt?

Der Junge schüttelte den Kopf. Angst hast du vorher, wenn du dran denkst, es dir ausmalst. Aber das nützt nichts. Wenn's so weit ist, nein. Adrenalin ja, aber keine Angst. Du musst wach sein, wenn dich einer beraubt. Ihn nicht reizen, der ist ohnehin schon nervös. Hat ja Not. Darfst dich nicht wehren, darfst nicht provo-zieren. Musst sehen, was der andere will. Und es ihm geben. So ist auch die Anweisung. Er lachte, füllte weiter Regale auf. Wenn hier einer reinkommt und mich überfallen will, der hat so eine dünne Haut, den muss ich ja fast beruhigen, dass er nicht durchdreht. Die Kurzschlusshandlungen sind die größte Gefahr. Dass sich einer, weil er sich klein fühlt und schäbig, groß machen will. Mit einer Waffe zum Beispiel.

Aha, wohl Schulung gehabt?

Nein, Psychologie. Ich studiere Psychologie. Im Prinzip ist das doch alles logisch.

Also zählt sie wohl doch, die Logik. Wenigstens die Psycho-Logik.

Die Tür ging auf, ein Mann kam herein. Sah sich um.

Guten Morgen. Kann ich helfen? Der Tankwart ging hinter den Tresen.

Weiß nicht. Der neue Besucher schien unsicher. Eigentlich brauch ich ne Werkstatt. Oder den Pannendienst.

Was ist denn?

Auch der neue Kunde war jung, sah ebenfalls nach Student aus. Mein Kühler ist kaputt, verliert Wasser.

Viel?

Na ja, alle zwanzig, dreißig Kilometer muss ich nachfüllen. Und die Karre kocht. Was kein Wunder ist, wenn wenig Wasser drin ist und dafür mehr Dampf.

Wir sind keine Werkstatt, sagte der Tankwart, tut mir leid. Aber den Pannendienst kann ich dir rufen. Soll ich? Dauert aber, bis der kommt, um die Zeit. Vor sieben ist der nicht da.

Der Neue zuckte mit den Schultern. Weiß nicht, vielleicht füll ich einfach noch mal nach. So weit hab ich's nicht mehr.

Einer der Betrunkenen schien inzwischen eingeschlafen zu sein, hatte den Kopf auf die Arme am Tresen gelegt. Der andere blickte glasig herüber. Selbst sein Blick lallte.

Soll ich vielleicht mal nachsehen? Meier bot sich an.

Sind Sie wohl Mechaniker?

Nein, aber ich hab schon viele Autos repariert. Meier hatte früher mal einen Schrauber als Nachbar gehabt, als Jugendlicher, und dem immer mal wieder geholfen. Geld verdient. Und manches gelernt. Hatte viel geschraubt in dieser Zeit, seither kannte er sich mit Autos aus.

War ein Ganove gewesen, der Schrauber, aber ein liebenswerter. Für ihn. Ein Schlitzohr. Kein Pass, aber einstellige Aufenthaltsgenehmigung. 00004. Hatte er nie gezeigt, aber immer gesagt. Hatte Altautos hergerichtet mit noch ein paar Monaten TÜV, Schrottkübel zum Glänzen gebracht und teuer verkauft. Fünfzig Mark Einkauf zum Ausschlachten, manchmal tausend Mark im Verkauf, bis zu drei Autos pro Woche. War ein guter Schnitt. Viel gespachtelt, überlackiert, Sägespäne in kaputte Getriebe und so. Manchmal hielten diese Wagen keine hundert Kilometer mehr. Ging damals noch, waren die Gesetze anders. Gekauft wie gesehen und Schluss. War Betrug gewesen, ihm aber egal, konnte nichts anderes. Und war kaum belangbar, kam immer damit durch. Und es kamen immer wieder neue Kunden nach, meist Kundinnen. Gutgläubig, seinem Charme erlegen.

Wenn Sie wollen? Nachsehen kann ja nicht schaden. Die beiden gingen hinaus.

Mach mal die Haube auf. Hast du ne Taschenlampe?

Er hatte keine, holte eine aus der Tanke. Unter dem Kühler schon eine Lache, irgendwo tropfte es heraus. Meier leuchtete, suchte die Stelle. Fand sie.

Hast Glück. Ist kein Riss an den Halterungen.

Was heißt das?

Da hätte ich nichts machen können. Auf diesen Stellen ist Spannung, und sie vibrieren. Reißen sofort wieder auf. Kannste nur löten, nicht stopfen.

Und?

Hier, schau, da kommt das Wasser raus. Er deutete auf die Lamellen. Waren an einer Stelle eingedrückt. Da ist dir mal irgendwas reingeflogen, Stein, Vogel oder so. Hat kleine Löcher gerissen.

Und jetzt?

Kein Problem, ist keine Spannung drauf. Komm mal mit rein.

Sie gingen zurück in die Tanke. Hast du Eier?, fragte Meier den Tankwart.

Wie meinst du das? Der Tankwart lachte.

Hühnereier, ganz normal. Frische.

Ja, schau mal drüben im Kühlregal.

Wir brauchen zwei.

Gibt's nur im Sechserpack.

Dann nimm sechs, wies Meier den Neuen an. Zwei brauche ich, den Rest kannste behalten. Als Frühstückseier. Nein, gib mir drei, zur Sicherheit.

Tankwart und Neuer schauten verständnislos, der noch wache Betrunkene sah alles doppelt.

Was hast du vor?

Ich brauche nur das Eiweiß. Das schütten wir in den Kühler, dann Wasser drauf, dann fährst du. Das Wasser wird heiß, das Eiweiß gerinnt, das Wasser drückt es aus den Löchern und nimmt das Eiweiß mit, das fest gewordene Eiweiß setzt sich in die Löcher und verstopft sie – schon ist der Kühler geflickt. Fertig. Hält nicht ewig, aber du kannst erst mal fahren, nen neuen Kühler brauchst du sowieso.

Sie trennten die Eier, ließen das Eigelb zurück.

Kannste uns nen Mae West machen, schob Meier dem Tankwart die Eigelbe rüber.

Is n das?

Zwei Cognac, zwei Zentiliter Zuckersirup, ein Eigelb, mixen, Eiswürfel.

Der lachte, verstand das als Spaß. Und das schmeckt?

Mach's.

Sie gingen hinaus, füllten den Kühler. Der Neue schien sehr erleichtert.

Und das funktioniert?

Wirst du schon sehen. Bei uns früher hat's funktioniert, also wird's heute auch funktionieren. Hat sich nicht so viel verändert seither an den Kühlern. Ist noch die gleiche Technik wie vor achtzig, hundert Jahren. Im Prinzip.

Der Neue sah ihn an. Was bin ich Ihnen schuldig?

Meier winkte ab. Lass gut sein.

Ein Bier vielleicht oder einen Kaffee?

Nein, lass mal. Wir trinken den Mae West drinnen. Da kam ihm eine Idee. Obwohl ...

Ja?

Du könntest mich ein Stück mitnehmen.

Sehr gerne. Wo müssen Sie denn hin? Der Altersunterschied ließ ihn Meier siezen.

Eigentlich wollte ich zum nächsten Hotel. Soll irgendwo in dieser Richtung sein. Ein Kilometer ungefähr und dann links.

Na, das ist ja nun überhaupt kein Problem. Wann wollen Sie los?

Meinetwegen sofort.

Der Tankwart hatte keinen Mae West gemacht. War auch gut so.

Sie zahlten, gingen zum Wagen, fuhren los.

Haben Sie sich in dem Hotel schon angemeldet?

Nein.

Ob da jetzt jemand ist? Um die Zeit? Die Uhr im Armaturenbrett zeigte auf halb vier.

Weiß nicht, keine Ahnung. Ich kenne das Hotel nicht.

Sie standen an einer Ampel. Rot. Kein Verkehr. Trotzdem wartete der Junge. Es wurde grün. Sie könnten aber auch bei uns übernachten – ich weiß ja nicht, wo Sie hinwollen.

Wo ist das denn, und was heißt *bei uns*?

Der Junge lachte. Draußen bei Weißenstadt, Voitsumra, Weissenhaid die Ecke, kennen Sie das?

Meier nickte.

So zwanzig, dreißig Kilometer von hier. Und *bei uns* ist ein alter Bauernhof, wo wir zu fünft leben. Und immer zwei, drei Leute zu Besuch. Gäste. Wir haben Platz genug. Sie kriegen natürlich ein eigenes Zimmer – und selbstverständlich Frühstück. Zwar kein großer Komfort, alles sehr einfach, aber passt schon.

Meier überlegte. Ist das ernst gemeint?

Klar.

Und was sagen deine Mitbewohner, wenn du einfach so einen Fremden mitbringst?

Nichts, die machen das auch so. Machen wir alle so.

Meier überlegte nicht lange. Gebongt, das Angebot nehm ich an. Mich übrigens nennen alle nur Meier. Und wie heißt du?

Matthias. Aber jeder nennt mich Matze. Kann ich du sagen?

Ich bitte drum.

Matze drehte die Musik lauter.

Meier drehte sie wieder zurück. Eins noch.

Ja?

Ich bin ein Knacki.

Ließ den Studenten anscheinend kalt. Wirkte weder erstaunt noch erschrocken. Und das heißt?

Hab zehn Jahre gesessen.

Ups. Warum?

Mord. Solltest du wissen.

Pause. Matze dachte, horchte in sich hinein. Schien jetzt doch leicht verunsichert. Du hast jemanden umgebracht?

Nein.

Matze warf einen Blick hinüber. Prüfend. Sah wieder auf die Straße im ersten Morgenlicht. Kann ich mir auch nicht vorstellen. Damit schien das Thema durch.

Und?

Nichts.

Sie fuhren weiter durch den heraufziehenden Tag. Matze hatte die Musik wieder lauter gedreht, summte mit, sang manchmal. Meier kannte die Songs nicht.

•

Als sie von der Straße auf einen geschotterten Weg zum Hof abbogen, war der neue Tag schon so hell, dass die Welt wieder Farben hatte. Matze hatte nichts mehr darauf gesagt, dass Meier aus dem Knast kam. Schien er, fast naiv wirkend, irgendwie spannend zu finden. Und dass er unschuldig war? Das hätte jeder gesagt.

Der Kühler hatte gehalten. Supertrick, lobte Matze.

Um nen neuen Kühler aber kommste nicht herum. Das hält so nicht ewig.

Da fahr ich am Nachmittag vielleicht mal zum Schrottplatz, einen holen. Für die Karre hat er immer Ersatzteile. In der Dämmerung rollten sie langsam vors Haus. Ein großes Anwesen mit altem Stall, Nebengebäude und Scheune mit Durchfahrt im Karree, Fachwerk. Alles schlief. Matze zeigte ihm sein Zimmer, ein Raum unterm Dach, eine knarzende Treppe hoch. Matratze am Boden, ein paar Decken, ein Stuhl, sonst nichts. Auch die Dielen knarzten. Klo einen Stock tiefer. Zum Gezwitscher der Vögel draußen schlief Meier ein.

•

Es war schon fast elf, da kam er nach unten. Drei saßen in der Küche. Zwei Frauen, ein Mann. Sofort dieses Wohngemeinschaftsgefühl.

Müsli stand auf dem Tisch und Schüsseln, Kaffeegeruch. Das Fenster war offen, Sonne schien herein. Eine der Frauen rauchte. Selbstgedreht. Eine Zeitung lag herum. Matze war noch nicht auf.

Morgen. Ich bin Meier. Nur Meier.

Eva.

Tina.

Tom.

Bist du mit Matze gekommen? Tom räumte ein paar Klamotten vom Stuhl, für Meier. Hab das Auto heute früh gehört. Kaffee?

Ja, gerne. Und mal ziehen, darf ich? Die Selbstgedrehte roch nach Gras. Die Frau, Eva, nahm noch einen Zug und reichte sie ihm. Homegrown. Sie schluckte den Rauch. Ließ ihn nur widerwillig raus. Meier zog. Gras hatte er auch im Knast geraucht, bei den Tschetschenen. Tat gut auf nüchternen Magen, machte außerdem Appetit. Und Durst. Er gab die Zigarette zurück, nahm sich eine Tasse, schenkte sich Kaffee ein.

Müsli?

Er schüttelte den Kopf.

Hast du oben geschlafen, unterm Dach?

Ja. Wo die Matratze liegt.

Ist für Matzes Gäste. Wo kommst du her? Tina hatte das gefragt.

Aus dem Knast.

Die drei sahen ihn an. Neugierig, nicht erschrocken. Sie hatten ihren ersten Eindruck schon, und der war positiv. Vertrauen erweckend. Und der erste Eindruck zählt. *You never get a second chance to make the first impression.* Knast?

Ja, aus dem Knast.

Wie lange hast du gesessen?

Zehn.

Monate?

Jahre.

Wegen was?

Angeblich Mord.

Angeblich?

Weil die es gesagt haben. Und ich's nicht war.

Wie das?

Sie konnten es beweisen.

Sie konnten beweisen, dass du es warst?

Richtig.

Aber du warst es nicht?

Richtig.

Kannstes beweisen?

Dann hätte ich nicht gesessen.

Und warum sollen wir das glauben?

Ganz schön forsch, die drei. Sehr direkt. Fast frech. Gefiel ihm. Da hab ich euch nicht drum gebeten. Verlasst euch auf euer Gefühl. Und wenn ich gehen soll, sagt es, dann geh ich.

Weiß Matze davon?

Ja.

Jetzt frühstück erst mal. Wenn du kein Müsli magst: Brot ist im Schrank, Zeug drauf im Kühlschrank, Obst drüben in der Schale, Besteck in der Schublade. Bedien dich einfach. Tom schenkte sich noch einmal Kaffee nach. Schob Meier die Milch rüber, wandte sich an Eva. Hast du wieder mal gemessen?

Eva nickte. Fast zwei Millimeter. Seit vorgestern. Sind jetzt fast zehn Zentimeter an der Außenkante. Ist schon alles ganz schief. Irgendwann stürzt uns der ein.

Der Anbau drüben, der Schuppen sackt ab, erklärte Tom.

Warum?

Weil sie drüben hinterm Wald Kies abbauen. Und dafür das Wasser absaugen und drainieren. Seit einem halben Jahr. Das verändert hier den Untergrund.

Wie weit ist das weg?

Die Kiesgrube? Fünfhundert Meter.

Und das spürt man bis hierher?

Die zehn Zentimeter beweisen's doch. Vorher zweihundert Jahre nichts, aber seit sie absaugen, bewegt sich's. Für mich ist das klar.

Gehört der Hof euch? Meier war aufgestanden, hatte Brot aus dem Schrank genommen, stand jetzt am Kühlschrank, nahm Butter und Marmelade heraus.

Besteck und Teller sind im Büfett, wies ihn Tina an. Nein, der Hof ist nur gemietet. Trotzdem isses ne Sauerei.

Gehört nem Bauern drei Orte weiter.

Ehemaligen Bauern, ergänzte Tina. Macht keine Landwirtschaft mehr, ist lieber in der Welt unterwegs. Himalaya, Sumatra, Indien.

Freak?

Kann man so sagen.

Meier dachte nach. Viel Information auf einmal. Habt ihr das denen gesagt? Dass sich das senkt, meine ich.

Denen vom Kiesabbau? Klar. Die hatten auch gleich ein Gutachten, dass es nicht sein kann. Quasi schon in der Schublade. Von nem Geologen, wir schätzen gekauft. War nach nur drei Tagen da. Der war nicht mal hier und hat sich das angeschaut. Ferndiagnose, unbestechliches Fachwissen.

Und jetzt?

Keine Chance. Irgendwann stürzt der Anbau ein. Wir haben schon alles rausgeräumt. Den zu retten würde über zwanzigtausend Euro kosten. Das können wir nicht zahlen. Und ist ja nur ein Schuppen. Allerdings ein großer. Könnten wir gut nutzen. Als Garage oder so.

Und der Besitzer?

Nichts, ist ihm egal. Hätte am liebsten, dass das alles Kiesgrube wird. Würde er einen Haufen Geld für kriegen. Kies ist wie Gold. Liegt einfach da rum und ist bares Geld. Muss man nur heben. Wird dann alles verbaut.

Dann schwiegen sie, jeder hatte seine eigenen Gedanken. Erst jetzt bemerkte Meier die Katze drüben auf dem Sofa. Schwarzgrau mit weißen Pfoten. Sie streckte sich, machte einen Buckel, streckte sich wieder, krallte sich mit den Vorderpfoten ins Polster, gähnte mit weit aufgerissenem Maul und rollte sich wieder zusammen. Katze müsste man sein, dachte sich Meier. Nichts zu tun und gewissenlos schlafen können. Ein Kater?

Katze.

Und heißt?

Magath.

Das leuchtete ihm sofort ein: Ihre Augen standen sehr weit auseinander. Sehr passend. Aber schon älter, oder?

Ja, über zehn.

Dann schwieg man wieder, durchs offene Fenster hörte man Vögel.

•

Die Tür ging auf. Moin. Matze. Ach, mit Blick auf Meier, der Zauberer ist schon da. Gut geschlafen?

Meier nickte. Zauberer?

Na, das Eiweiß. Er holte die drei restlichen Eier. Jemand ein Ei? Er setzte einen Pott Wasser auf die Gasflamme am Herd, stach die Eier an. Erzählte die Geschichte der Nacht mit dem Kühler und dem Eiweiß.

Ist denn das Auto morgen fertig? Tina hatte gefragt. Brauchte den Wagen morgen, musste zu ihren Eltern.

Matze zuckte mit den Schultern. Hält das so lange? Er sah Meier an.

Wie weit ist *so lange*?

Achtzig, hundert Kilometer. Und wieder zurück.

Also zweihundert.

Meier schüttelte zweifelnd den Kopf. Zweihundert? Kann. Aber ich würde sagen: Nein. Ist viel zu unsicher.

Matze schenkte sich Kaffee ein. Also müssen wir ihn heute reparieren.

Ich hab keine Zeit. Tom wehrte sofort ab, die Hände erhoben.

War ja klar. Aber nächste Woche das Auto für Amsterdam brauchen. Matze stichelte.

Meier hatte keine Lust auf die Interna. Wie weit ist denn der Schrottplatz weg, von dem du erzählt hast?

Keine zehn Minuten. Bloß drüben übern Berg.

Und der hat offen?

Offen? Lubanski wohnt da. Kann nur sein, dass er besoffen ist.

Besoffen? Vielleicht? Eva lachte. Besoffen ist der immer. Volltrunken musst du sagen. Halb tot.

Stimmt. Der pfeift sich immer total weg. Und wenn Lubo dann volltrunken ist, ist er nicht ansprechbar. Dann sitzt er bloß und glotzt. Lallt. Oder wird aggressiv.

Und wie oft ist er besoffen?

Eigentlich fast immer. Gelächter.

Und dann?

Nimmt man sich, was man braucht, und rechnet später mal ab.

Aber er ist immer da?

Schon.

Dann lass uns rüberfahren und schauen, ob er nen Kühler hat. Meier sah Matze an. Nach dem Frühstück? Werkzeug habt ihr?

Du würdest mir helfen? Matze schien ungläubig.

Kann ich noch ne Nacht hierbleiben?

Klar.

Dann los. Ich hab schon lang nicht mehr geschraubt, hätte mal wieder Lust drauf.

IX

Übern Berg zwischen Äckern hindurch, hoch stehender Mais, links Kartoffeln, das Korn drüben schon abgeerntet, Stoppelfeld, jenseits hinunter in die Senke, ein Weg rechts ab in den Wald, steinig steil abwärts in den Talgrund, ein offenes Tor rostig quer über den Weg, eine fußballfeldgroße Lichtung, unzählige Autos nebeneinander, teils übereinandergestapelt mit kleinen Gassen dazwischen. Der Schrottplatz. Mittendrin ein Wohnwagen, räderlos, aufgebockt, Veranda mit Palettenunterbau, Wasserleitungsrohrgeländer, zerrissene Markise, Blechfässer.

Lubo?!

Keine Reaktion. Nur ein Hund kläffte. Tief und bedrohlich klingend aus dem Caravan.

Lubo?

Grunzen aus dem Wohnwagen, Klappern, irgendetwas wurde beiseitegeschoben. Rotzen, Husten, Hochziehen, dann quietschte die Tür. Hier einen Western drehen, dachte Meier.

Ja? Strubbeliges Gesicht im Türspalt, ölverschmiert. Dichtlange Augenbrauen. Tiefes Knurren und Bellen. Halt die Klappe, Scheißtöle! Der Hund quietschte kurz auf, hatte wohl einen Tritt bekommen. Ach du, Matze. Die alte, beleibte Gestalt trat auf die Veranda, Latzhose, ohne Hemd. Der Hund war eingesperrt. Setzt euch. Deutete auf klapprige Stühle, umgedrehte Ölfässer. Schaltete ein Transistorradio ein auf dem Campingtisch, die Antenne ein krummer Draht. Ein Sender mit klassischer Musik. Die Hände des Alten riesig, auch ölverschmiert. Unter den Fingernägeln und in den Nagelbetten tiefschwarz.

Wohl wieder gesoffen? Matze lachte ihn an.

Nicht heute, nee. Aber gestern. Und wie. Catweazle war da. Lubo zog sich eine Zigarette aus der Packung. Catweazle hatte Selbstgebrannten dabei, grinste er gequält. Einen Liter Zwetschge, saugut. Lubo zündete sich die Kippe an. Auch eine?

Meier nahm sich eine. Reval. Dass es so was noch gab.

Ich brauch nen Kühler.

Für deinen Ford?

Matze nickte. Hast du einen da?

Modell?

Aspen. 1.6.

Baujahr?

Siebenundneunzig.

Müsste ich dahaben.

Super.

Musste aber selbst ausbauen.

Schon klar.

Haste Werkzeug dabei?

Nee.

Kennst dich ja aus.

Wo steht denn der Ford?

Der Alte zeigte in eine Richtung. Ziemlich am Rand, musste suchen. Müssten drei da sein, zwei rote, einer schwarz.

Egal, von welchem ich nehm?

Ist egal. Nimm den, an den du am besten rankommst. Schien alles unkompliziert hier.

Matze und Meier fanden den Wagen gleich, gingen zurück in eine kleine Wellblechhalle, halbrundes verrostetes Dach, die Werkstatt. Werkzeug holen. Schraubenschlüssel, Zangen, Schraubenzieher. Die Werkstatt war extrem aufgeräumt. Meier staunte. Donnerwetter. Sah sich um. Hätte er so nicht erwartet.

So isser, sagte Matze nur. Alles sauber, alles an seinem Platz. Immer. Er rastet aus, wenn nicht.

Find ich gut, nickte Meier anerkennend. Fehlt nur noch die klassische Musik.

Matze deutete auf Boxen oben im Eck. Wirst lachen, aber ist hier oft an.

Der Mann hat Stil.

Kannste sagen. Und Matze schob nach: selbst beim Saufen. Lachte.

Unter einer Werkbank aufgereiht Wagenheber. Stempelwagenheber, hydraulisch. Meier nahm einen, sah ihn sich an.

Brauchen wir den?

Meier schüttelte den Kopf, las. 30 t, Unterfahrhöhe 244 mm, max. Hubhöhe 492 mm. Nickte nachdenklich.

Wie jetzt, brauchen wir den oder nicht?

Nicht hierfür, nicht für den Kühler. Aber ... Meier überlegte. Meinst, wir können uns den leihen? Und die anderen fünf auch?

Matze schaute ratlos. Müssmer ihn fragen. Aber warum nicht?

Dann frag ihn.

Aber ...? Matze verstand nicht. Wozu brauchen wir sechs Wagenheber?

Euer Nebengebäude ist doch abgesackt, sagt ihr. Er hatte beim Losfahren nur einen kurzen Blick auf das Nebengebäude geworfen.

Ja und?

Das ist eine Fachwerkkonstruktion, wenn ich das heute früh richtig gehört habe.

Stimmt, aber ich verstehe nicht.

Ganz einfach: Freilegen, Wagenheber drunter, anheben, unterfangen, fertig.

Mit Wagenhebern ...?

Meier nickte. Warum nicht? Einen Versuch ist es wert. Ehe es weiter absackt und einstürzt?

Das geht doch nicht!

Pass auf. Die Balken von so nem Fachwerk sind doch verzapft. Und die Balken halten das Gebäude zusammen. Den Schuppen.

Wir machen an verschiedenen Stellen das Fundament weg, stellen die Wagenheber dahin, legen was unter die Balken, pumpen das Haus hoch, rundrum, immer Stück für Stück, unterfangen die Balken neu, also erhöhen das Fundament, lassen es aushärten, und fertig.

Matze überlegte kurz, dachte über das Gehörte nach. Hast du so was schon mal gemacht?

Nö.

•

Sie verließen die Werkstatt und gingen hinüber zu den Fords, suchten den aus, an den sie am bequemsten rankamen, bauten den Kühler aus. Meier rutschte mit dem Schlüssel ab und riss sich die Hand auf. Scheißdreck, vermaledeiter! Es tat gut, zu fluchen. Mit ölverschmierten Händen räumten sie die Schlüssel wieder auf und kehrten zu Lubo zurück.

Was kriegst du?

Fuffzich. Der Schrottplatzbesitzer saß mit ausgestreckten Beinen im Gartenstuhl in der Sonne. Dose Bier neben sich. Matze gab ihm den Schein, fragte wegen der Wagenheber. Sind die alle in Ordnung?

Blöde Frage, grunzte Lubo und zog hoch. Meinst, ich hab kaputtes Zeug?

Könnten wir die uns leihen?

Alle?

Alle, ja.

Wozu braucht ihr so viele Wagenheber? Wollt ihr einen Tresor aufstemmen? Räusperte sich, schüttelte den Kopf.

Nee, ein Haus anheben. Meier erklärte es ihm.

Ihr habt ja vielleicht einen Vogel! Ein Haus anheben mit Wagenhebern. Hab ich ja noch nie gehört. Der Schrotti Lubanski lachte kehlig. Nahm einen Schluck, spuckte seitlich über die Veranda, zündete sich eine an. Meier hätte sich am liebsten eine Kamera gekauft und den Kauz fotografiert.

Wieso? Sechs mal dreißig Tonnen sind hundertachtzig Tonnen. Sind hundertachtzigtausend Kilo – so viel wird der Schuppen nicht wiegen. Sollte also gehen.

Keine Ahnung. Versucht's. Es wird euch schon einstürzen.

Sie luden die Hydraulikwagenheber und den Kühler ein und fuhren wieder zurück.

Meier würde bald wiederkommen. Er hatte etwas gesehen, das er sich anschauen musste. Näher. Halb abgedeckt zwischen den ganzen Autos. Hatte ihn elektrisiert. Ist unwahrscheinlich, beruhigte er sich, mach dich nicht verrückt. Trotzdem: musst du überprüfen. *Das* wäre ja ein Ding!

•

Nachmittags bauten sie den Kühler um, abends saßen sie zusammen. Meier, Matze, Eva, Tina, Tom. Meier hatte schwarzes Öl unter den Nägeln und aufgerissene Finger. Erinnerte ihn an früher. An die Schrauberei bei Libor, Libor Polinski, Polinski wie Polanski, hatte er immer gesagt. Und hab auch was mit Blutsaugern zu tun – bin selber einer. In den Achtzigern hatte Meier ihn kennengelernt. Echter Quartalssäufer. Alle drei Monate war er vier, fünf Tage weg. Irgendwo. Kneipen, Puffs, Polen, Ausnüchterungszelle, einmal Paris. Vollsuff bis zur Bewusstlosigkeit, dann wieder drei Monate nichts, keinen Schluck. Dann wieder Absturz. War ein Wunder, dass der so lange überlebt hatte, bis in die Neunziger.

Aber so ne Leber steckt ganz schön was weg. Hatte immer Spaß gemacht damals mit dem. Die zweite Flasche Wein war schon leer, Matze öffnete die dritte. Die anderen guckten bloß, kannten solche Geschichten nicht. Andere Zeit.

Eva hatte Reis gekocht, dazu gab es scharfe Sauce mit Fleisch, irgendwas.

Ihr spinnt. Das Haus mit dem Wagenheber anzuheben. Eva schüttelte den Kopf.

Warum nicht? Kommt auf den Versuch an.

Wäre ja toll, wenn's klappt. Tina schenkte nach, sie tranken. Wann wollt ihr denn anfangen?

Von mir aus gleich morgen.

Und was braucht ihr alles dazu?

Schaufeln, Balken, Bohlen, Sägen, sonst eigentlich nichts. Mal schauen, was ihr hier alles habt. Und dann natürlich Beton, also Sand und Zement. Zehner Backsteine oder Kalksteine, vielleicht vierzig, fünfzig Stück, keine Ahnung, werden wir sehen.

Tom wollte alles besorgen. Ich helfe euch. Mittags können wir anfangen. Na, ich bin gespannt.

Es wurde spät an diesem Abend.

•

Drei Tage später hatten sie das Fundament an sechs Stellen auf jeweils ungefähr fünfzig Zentimeter entfernt. Hatten Balkenstücke geschnitten, zum Aufsetzen der Wagenheber und zum Unterlegen unter den Bodenbalken. Der lag jetzt auf Spaltbreite frei. Sie setzten die Wagenheber an, brachten sie unter Druck. Der Schuppen knarzte und hob sich vom Fundament. Sie sicherten die entstehenden Zwischenräume immer wieder mit dünnen Brettern ab. Pumpten weiter, immer drei Heber gleichzeitig. Es war unheimlich, so viel Masse zu bewegen. Konnte so ein Wagenheber platzen, wenn er dem Druck nicht standhielt? Und was passierte dann? Nicht viel, dachten sie, die Bretter sicherten ja ab. Aber platzen würden sie nicht, höchstens undicht und Öl verlieren, mutmaßten sie. Dann würden sie eben aufhören.

Aber es funktionierte. Millimeter um Millimeter hoben sie den Schuppen an. In die Lücken schoben sie Bohlenstücke, sicherten die Höhe ab. Sie arbeiteten wie im Fieber, voller Begeisterung. Es war nicht zu glauben, aber das Haus hob sich. Ein Wunder. Gegen Abend schon war es wieder im Lot. Meier mahnte zur Eile. Jetzt schnell den Beton anrühren, wer weiß, wie lange die Heber halten. Die sind ja brutal unter Druck.

Beim Graben war er auf eine Leitung gestoßen. Stromkabel. Brachte ihn auf eine Idee, ging aber niemanden etwas an. Er musste erst auf den Schrottplatz, seinem Verdacht nachgehen, klären, ob das, was er gesehen hatte, tatsächlich das war, woran es ihn erinnerte. Nicht sehr wahrscheinlich, aber möglich. Er hatte keine Eile, durfte auch nichts überstürzen.

Sie füllten Mörtel ein und Steine, füllten die Zwischenräume aus. So, und jetzt muss das Ganze aushärten. Fünf Tage nur immer die Wagenheber kontrollieren, dass sie unter Spannung sind. Dann ist der Mörtel durchgehärtet, und wir können ablassen.

•

Sag mal, Matze, kann ich mal deinen Wagen haben?

Es war der dritte Tag des Aushärtens, Tina war von ihren Eltern zurück, und es war nichts zu tun.

Wann? Heute? Oder morgen? Ich brauch ihn nicht, ja, kannst du. Von mir aus.

Nein, nicht morgen, heute Abend und vielleicht über Nacht bräuchte ich ihn. Müsste einmal wohin. Morgen früh bin ich wieder zurück. Wohin er wollte, sagte er nicht. Matze fragte auch nicht, gab ihm den Schlüssel. Aber wirst tanken müssen, wenn's weiter weg ist. Ist nur noch halb voll, höchstens.

Kein Problem, dann tanke ich eben. Danke.

Am Morgen darauf fuhr Meier mit Matzes Mondeo Aspen wieder auf den Hof. Wollen wir die Wagenheber nachher runterlassen? Tom und Tina saßen bereits beim Kaffee.

Meinst du, der Mörtel ist schon hart genug?

Denke ja, hab's vorhin mal kontrolliert. Das hält, ganz sicher.

Dann los.

Zum Ablassen des ersten waren alle da. Anspannung, Spannung. Meier drehte vorsichtig an der Schraube. Millimeterweise, immer noch ein Stück. Wartete ab. Die Spannung wich aus dem Heber. Zunächst schien nichts zu geschehen. Dann glitt der ölglänzende Stempel wie selbstverständlich langsam, beinahe graziös zurück ins Gehäuse. Der Wagenheber war frei. Nur ein leichtes Knacken im Holz hatten sie gehört. Einen Wagenheber nach dem anderen ließen sie nun ab, bei allen war es das Gleiche. Der Anbau stand wieder gerade.

So, jetzt die Zwischenräume in den Fundamenten wieder aufmauern bis hoch unter die Basisbalken, und fertig. Ich muss jetzt schlafen. Meier zog sich zurück. Matze und Tom rührten Mörtel an. Die Mischmaschine orgelte Meier in den Schlaf.

•

Am Nachmittag war die Aktion beendet. Der Anbau stand wie eine Eins. Jetzt mussten nur noch die eingemauerten Stücke durchhärten, dann war er gerettet. Das feierten sie am Abend. Essen hinterm Wohnhaus, im Garten des alten Bauernhofes. Holztisch unterm großen Apfelbaum. Wie schön konnte das Leben doch sein. Und zehn Jahre davon hatten sie ihm geklaut. Er musste noch einmal zu Lubanski, es ließ ihm keine Ruhe. Er musste das überprüfen. Diesen roten Wagen zwischen den Golfs, Audis und Fords.

Ziemlich betrunken wankten sie weit nach Mitternacht in ihre Betten.

X

Herr Lubanski?

Nichts war zu hören und zu sehen, nur der Hund, riesiges schwarzes Vieh, Kiefer zum Kleinkindzerteilen, sprang gegen die Seitenscheibe, wollte zum Spalt oben rein. Sabberte, geiferte, kläffte. Fletschte die Zähne. Meier stieg nicht aus. Besser nicht.

Herr Lubanski!

Is n los? Der Alte kam hinter dem Wohnwagen hervor, einen Schraubenschlüssel in der Hand. Ölverschmiert, Latzhose, nackter Oberkörper. Schien sich nicht umgezogen zu haben seit letzter Woche. Scheißtöle, schleich dich. Der Schraubenschlüssel verfehlte nur knapp den Hund.

Ja?

Meier kurbelte die Scheibe runter. Ich komm von drüben, vom Ederhof. Bring die Wagenheber zurück. Kann ich aussteigen?

Hast Angst vor dem Hund? Schien dem Alten zu gefallen.

Meier schüttelte den Kopf. Aber besser, man ist vorsichtig. Kannste ja nie wissen.

Lubanski winkte ab. Der tut nichts. Hat noch nie jemanden gebissen.

Wirkt aber anders.

Ist auch gut so. Glaubst ja nicht, was hier alles für Volk herkommt. Bei denen musst ja aufpassen wie Luchs. Darfst du nicht aus den Augen lassen, sind viel Solche drunter. Er wackelte mit der Hand, lachte. Täten mir den Laden leer klauen, wenn der nicht wär. Aber der knurrt bloß und bellt, das reicht. Bissen hat der noch keinen.

Kenn ihn ja nicht. Meier stieg aus. Wo sollen die Wagenheber hin?

Die fährst wieder rüber in die Werkstatt. Weißt ja, wo sie waren. Und schön saubermachen vorher.

Sind sie schon.

Der Hund hatte sich auf die Veranda getrollt, lag da, zwei Zentner Muskelfleisch, Kopf auf den Pfoten, wachsam mit Augen und Ohren. Meier stieg wieder ein und fuhr die paar Meter hinüber. Lud die Wagenheber aus, stellte sie säuberlich unter die Werkbank. Kam zurück. Lubanski saß wieder im Gartenstuhl auf der Veranda, klassische Musik aus dem Transistorradio.

Darf ich mich mal umschauen?

Hier aufm Platz?

Ja.

Was suchst n?

Nichts. Einfach so.

Wer nichts sucht, schaut sich nicht um. Der Schrotti glaubte ihm nicht, hatte ihn schon durchschaut.

Winkte dann aber ab. Meinetwegen. Aber fragen, bevor du was ausbaust.

Sowieso, klar.

Lubanski zog hoch. Du hast mal gesessen, stimmt's? Spuckte aus. Ansatzlose Frage, eigentlich eine Feststellung.

Meier war erstaunt. Wieso? Wie kommen Sie darauf?

Also ja. Kannst mich duzen.

Meier nickte. Fühlte sich fast wie ertappt. Hatte Matze etwas gesagt oder die anderen?

So was riech ich. Mindestens fünf Jahre, eher sieben, acht. Hab viele solche Brüder hier.

Zehn.

Wusst ich's doch. Ja, schau dich ruhig um. Als ob Knastvergangenheit eine Eintrittskarte wäre.

•

Sag mal. Meier war wieder zurück. Der Transporter dahinten, der Peugeot Partner 1900, Diesel, Anhängerkupplung. Was ist der für ein Baujahr?

Der rote? Drei.

Zweitausenddrei? Und taugt der Motor noch was?

Der hat erst achterfuffzig runter. Steht aber scho ewig. Was interessiert dich an dem?

Wenn, dann die Maschine. Hab selber so einen.

Ah, und im Knast gefahren. Der Alte lachte. Hatte ihn schon wieder durchschaut. Konnteste nicht belügen.

Nee, steht bei Freunden drunten bei Uffenheim. Eingemottet. Meier log weiter, konkreter. Vielleicht wurde es so glaubhaft. Soll n der kosten?

Lubanski sah ihn an, kniff die Augen zusammen, schüttelte langsam den Kopf. Vergiss es. Den Wagen gibt's gar nicht mehr.

Wie ...?

Wie ich's sag. Den Wagen gibt's nicht mehr.

Aber er steht doch dahinten.

Besser, du steigst jetzt ein.

Meier fummelte nach seinem Geldbeutel. Nahm einen Hunderter raus, reichte ihn rüber. War ein Versuch.

Lubanski fragte nicht, nahm den Schein, steckte ihn in die Brusttasche der Latzhose. Streckte die Beine aus. Was interessiert dich an dem Wagen?

Meier stand da. Ich hab zehn Jahre gesessen.

Hammer schon gehabt.

Wegen Mord an einer Frau.

Jetzt wird's schon langsam spannend. Und?

War ich aber nicht.

114

Das sagen immer alle. Zog wieder hoch, spuckte aus. Tat er wohl hundertmal am Tag. Interessiert uns die Geschichte, Whyskas? Er fragte tatsächlich den Hund. Der drehte die Augen, machte kurz Wuff. Einmal, und tief. Wenn du meinst. Sah Meier an. Also, sie interessiert uns. Erzähl.

Ist aber so. Ich bin unschuldig. Reine Indiziensache gewesen. Zigarettenkippen, ein Holzprügel, fehlendes Alibi, DNA. Hab die Frau nicht mal gekannt, war nie bei ihr.

Und wo ist die Verbindung zum Wagen?

Die hatte so einen.

Nen Peugeot Partner?

Exakt. Roter Peugeot Partner 1900, Diesel, Anhängerkupplung, Baujahr Nulldrei.

Also genau so einen.

Richtig.

Lubanski sah ihn schräg an. Und jetzt wirst melancholisch und willst genau so n Wagen? Versteh ich nicht.

Nee, der von der Frau damals war weg. Einfach verschwunden. Wurde nie gefunden.

Und?

Haben sie mir in die Schuhe geschoben. Den hätte ich entsorgt damals, haben sie gesagt. Um Spuren zu verwischen.

Und?

Könnte ja sein, dass es der ist.

Der Schrotti sagte nichts.

Wo haste denn den her?

Den hat jemand gebracht, wo soll er sonst herkommen.

Und weißte noch wer?

Kein Kommentar. Er wusste es.

Meier überlegte. Gibt's denn die Papiere noch?

Nee, gab nie welche.

Wurde ohne Papiere abgegeben?

Richtig.

Wie lang ist das her? Weißte noch, wann?

Vergiss es, keine Ahnung. Ist schon ewig her. Er sah ihn wieder an. Du wirst nicht glauben, dass das der ist, oder?

Irgendwas war mit dem Schrotti, das spürte Meier. Konnte aber nicht ausmachen, was es war. Keine Ahnung. Wäre ein Zufall, aber Zufälle gibt's. Auf jeden Fall würde ich es gern überprüfen.

Lubanski saugte etwas aus seinen Zähnen, dann ließ er den Mund offen und dachte nach.

Und wenn, was willste dann mit dem Wagen?

Sie ist wahrscheinlich darin transportiert worden, also ihre Leiche.

Vor über zehn Jahren?

Ja.

Und du meinst, du findest noch Spuren?

Vielleicht.

Um wieder unschuldig zu sein.

Ja.

Da musste aber Spuren von dem anderen drin finden.

Logisch.

Und keine von dir. Er sah ihn scharf an. Hol mir bloß keine Schmiere hier auf n Hof. Dann nickte er. Sollteste klären, ob's der ist. Magst ein Bier?

Meier nickte.

Drin im Kühlschrank. Bring mir auch eins mit.

Meier holte zwei Dosen. Das Innere des Wohnwagens war genauso penibel sauber wie die Werkstatt. Das Innenleben dieses Typs schien aufgeräumt. Schräg, dieser Lubanski.

San Miguel, das Bier, spanisch. Meier deutete darauf. Wo haste denn das her?

Der Alte zuckte mit den Schultern. Von nem Freund. Lubanski zündete sich eine an. Auch eine?

Meier griff zu. Nahm das Feuer, inhalierte. Ein zweiter Zug, ein dritter, tief hinein. Ließ den Rauch langsam wieder raus, auch durch die Nase. Wie kommt denn der Wagen hierher?

Ist scheiße, wenn ich das erzähl.

Wieso?

Weil's den Wagen gar nicht mehr geben dürfte.

Wie, gar nicht mehr geben?

Eigentlich dürfte er sogar nie da gewesen sein.

Weil er ein Beweismittel ist?

Wahrscheinlich, ja. Lubanski dachte nach. Aber da ist er ja immer noch – wenn er es wirklich ist.

Der hat die Aufkleber hinten am Heck. *Europa* und *Ein Herz für Kinder*. Hatte der der Frau auch, weiß ich aus den Akten. Eigentlich gibt's da keinen Zweifel. Meier inhalierte erneut. Sagst du mir, wer den Wagen gebracht hat?

Und was machste dann mit dem?

Keine Ahnung. Aber der Wagen hat mir zehn Jahre eingebrockt. Und der Typ vielleicht die Frau umgebracht. Wäre schon interessant zu wissen.

Willste dir den dann mal vornehmen?

Wer weiß, vielleicht.

Würde ich auch. Lubanski trank, rülpste, zog hoch, spuckte aus. Warn zwei Bullen.

Zwei Bullen?

Right, zwei Bullen. Fürsattl und Bess. Ernst Fürsattl und Franz Bess, wennstes genau wissen willst.

Meier nickte. Den einen kannte er. Fürsattl.

Der eine, der Fürsattl, hat mir einen Tausender gegeben, damit der Wagen verschwindet. War dann auch mal wieder da, hat nachgeschaut, aber seither nicht mehr. Da war der Wagen ja auch weg.

Wie weg – er ist doch noch da?

Lubanski trank, lachte. Damals, als der kam, war er weg. Hatte ihn fast zehn Jahre versteckt gehabt, in der Halle drüben zwischen anderen Karossen eingebaut und abgedeckt und dem Fürsattl ein paar Teile von nem anderen Peugeot gezeigt, auch rot. Hatte doch geahnt, dass der wiederkommt. Kontrolliert. Aber da war er zufrieden.

Und wieso hast du den Wagen nicht ...?

Lubanskis Blick war fast vorwurfsvoll. Viel zu schade drum. So was schmeißt man doch nicht weg. Schau dir die Kiste an, der steht doch heut noch da wie neu. Wie ne Eins. Müsste ihn bloß wieder besser abdecken.

Und wo hast du ihn so lange gehabt?

Sag ich doch, hinten in der Halle. Zugedeckt. Hab ihn vor n paar Monaten frei geräumt, kannst dir gar nicht vorstellen, wie der eingebaut war. Wollte ihn jetzt dann doch zerlegen und ausschlachten, krieg keine Papiere mehr dafür, nur wenn ich was dreh. Dachte, es geht anders, ging aber nicht. Ist mir jetzt zu heiß. Jammerschade.

Kennst du diesen Bullen? Diesen Ernst Fürsattl?

Nee. Nur von damals. Er schüttelte seine Dose. Leer. Zerknautschte sie in der Faust. Holste noch eins?

Meier stand auf, holte zwei neue Bier. Zischte seins auf. Prost.

Lubanski tat es ihm nach. Prost. Hab ihn davor nie gesehen und auch danach nicht mehr, bis auf die zwei Mal. Bin ich auch ganz froh. Hab's nicht so mit den Bullen.

Sie schwiegen, tranken, schwiegen.

Und bei den Namen bist du dir sicher.

Fürsattl und Bess? Hundert Prozent.

Schreibst du dir so was auf?

Klar. Hier. Er tippte sich an den Kopf. Wasde hier reinschreibst, kannst nur du lesen, sonst keiner. Ist was wert, wennste dieses Buch gut führst. Er nickte. Und bis jetzt funktioniert's ganz prima.

Hat der gesagt, warum der Wagen wegmuss?

Nö. Nur: Muss weg. Sicher. Wär wichtig. Und großes Polizeigeheimnis.

Sie schwiegen wieder. Minutenlang.

Also, wie isses, kann ich ihn haben?

Der Alte nickte langsam. Nimm ihn mit.

Wie viel?

Na, gib mir zwei.

Zwei? Willste mich verarschen? Tausend geb ich dir, mehr nicht. Musste er doch versuchen.

Nimm ihn mit und hau ab. Lachte. Gestand damit ein, dass er zu unverschämt gewesen war. Geblufft hatte. Ist ja für ne gute Sache.

Meier hielt ihm die Hand hin, Lubanski schlug ein. Aber so schnell wie möglich vom Hof. Und so, dass es keiner mitkriegt.

Schon klar. Muss mal mit den Mädels und Jungs drüben reden, vielleicht haben die Platz. Muss ihn ja irgendwo unterstellen. Weg von hier, weg von der Straße. Hast du nen Hänger?

Klar, steht drüben. Kannste dir leihen.

●

In den Anbau kannst du ihn stellen. Steht ja jetzt wieder gerade – und wird wohl auch nicht mehr einstürzen.

Der Hofrat hatte getagt. Eva, Tina, Matze, Tom. Meier hatte berichtet, alle fanden es spannend. Waren dabei. Klar, dass der geholt und hier versteckt wird.

Aber gut abdecken, dass man ihn nicht sieht. Muss wirklich gut versteckt sein. Und möglichst nichts anfassen, wenn er da ist, vor allem innen, falls da noch Spuren sind. Könnte ja sein, auch nach so langer Zeit. Die Untersuchungsmethoden sind heute viel feiner als früher, die brauchen viel weniger, um etwas zu entdecken.

●

Zwei Tage später fuhr er mit Matze rüber. Aber als sie den Wagen auf den Hänger ziehen wollten, blockierten die Hinterräder. Handbremse festgefressen, wahrscheinlich schon seit Jahren. Nichts ging. Meier holte Rostlöser, sprühte, drosch mit dem Kilofäustel gegen die Felge. Nichts bewegte sich. Holte das Schweißgerät Lubanskis, erhitzte die Bremse, schlug mit dem Fäustel dagegen. Irgendwann platzte sie auf. Die Hinterachse war frei.

Meier traute sich nicht, den Innenraum zu untersuchen. Nur keine Spuren verwischen, wenn es noch welche gab. Und keine neuen hinterlassen, vor allem nicht von ihm. Sonst wär's ein Rohrkrepierer. Sie hatten Gummihandschuhe mitgebracht, so Einwegdinger, genau dafür. Er öffnete mit den Handschuhen das Fahrzeug, lenkte es von außen durchs offene Seitenfenster, zog es mit der Winde auf den Transporthänger. Das Drahtseil quietschte und knirschte. Mit Gurten und Keilen sicherten sie den Wagen ab, schmissen eine Plane drüber, fuhren ihn hinüber auf den Hof. Ließen ihn ab, schoben ihn in den Anbau, bedeckten ihn mit der Plane und alten Decken. Dass hier bitte keiner drangeht.

Schon klar. Was hast du jetzt vor?

Diesen Bess ausfindig machen. Ihn vielleicht mal besuchen.

●

Einen Franz Bess gab es in Hof. Googlesuche. Sicherheitsmann bei einer Securea GmbH, früher mal Polizist. Ernst Fürsattl fand er bei der Bayreuther Polizei. Der war also dabeigeblieben.

Matze?

Ja?

Kann ich mir deinen Wagen noch mal leihen?

Willst du in die Stadt?

Nein, hab was zu tun. Bin in eineinhalb Stunden wieder zurück.

Okay.

Meier fuhr zum Haus an der Bahn. Briefkasten leeren. Seine Kontokarten holen. Der dicke Nachbar stand im Unterhemd am Zaun, glotzte. Na, auch mal wieder da?

War auf Dienstreise.

Neuer Wagen? Er zeigte auf den Ford.

Nee, nur geliehen. Meier war nicht nach Gesprächen. Leerte den Briefkasten, ging ins Haus. Sah sich um. Nein, es war niemand mehr hier gewesen. Trauten sie sich jetzt nicht mehr. Werbung, Werbung, Post von der Gemeinde, Kirchenbrief, Werbezeitung, Post von der Post wegen des Postfachs, Werbung. Er sortierte die Sachen aus, nahm, was er benötigte, legte den Rest auf den Küchentisch, verließ das Haus wieder. Sperrte ab, stieg in seinen Wagen, startete den Motor, winkte noch einmal, auch der Alte hob die Hand, und fuhr fort. Mindestens vier Augenpaare wusste er in der Straße sicher auf sich geheftet, wahrscheinlich mehr.

•

Als er vom Weg abbog durch das Tor zum Schrottplatz, war es später Nachmittag. Die Bäume warfen lange Schatten, Mückensäulen tanzten in den Sonnenstrahlen, und irgendwo klopfte ein Specht.

Lubanski fläzte vor seinem Wohnwagen, eine Dose Bier neben sich, klassische Musik. Der alte Plastikstuhl sah aus, als würde er jeden Moment die Grätsche machen. Der Hund lag zusammengerollt und schlief oder tat so. Seine Ohren bewegten sich, die Augen aber blieben zu. Meier stoppte den Wagen und stieg aus. Lubanski sagte nichts, hatte nur träge die linke Hand gehoben und sah ihn jetzt fragend an.

Lubanski, ich brauch einen Wagen.

Lubanski grunzte. Ich bin Schrotti, kein Autohändler.

Aber du hast doch sicher irgendne Gurke, die halbwegs was taugt, oder? Und die ich anmelden kann.

Nee. Nur n paar von der Abwrackprämie damals, aber die darf ich nicht verkaufen. Waren manche noch wie neu. Sein Gartenstuhl ächzte, aus dem Transistorradio klatschten sie gerade Beifall, das Konzert war beendet. Lubanski schüttelte den Kopf. In der Hand für die Bierdose hielt er eine Selbstgedrehte zwischen gelben Fingern, Ölränder unter den Nägeln. Gibt's keine Papiere dazu, sind alle gelöscht. Musste man damals.

Wirklich? So viele Autos, und keins kannste mir verkaufen?

So isses. Fahr rüber zum Djorko, der hat welche. Weißte, wo der is?

Nee.

Hoch auf die Straße, links, durch den Ort durch, letzte vor dem Ortsschild rechts rein, noch vielleicht fünfhundert Meter, dann kommt ne alte Tanke.

Und der verkauft Autos?

Fahr hin. Sag ihm einen schönen Gruß, dann kriegste was Vernünftiges.

Djorko, hast du gesagt.

Ja, Djorko.

Meier tippte sich an die Stirn und startete den Wagen. Liebend gern hätte er Gas gegeben und eine Staubfahne produziert, Lubanski aber hätte das sicher nicht gefallen. Also ließ er es.

XI

Lubo schickt mich.

Weiß ich. Hat schon durchgerufen. *Djorkovic Gebrauchtwagen* stand auf dem alten Aral-Schild. Rot übermalt, in gelber Schrift. Vielleicht zwanzig Wagen standen auf dem Hof. Was Schnelles oder was Solides?

Erinnerte ihn irgendwie an früher, an seine Zeit bei Libor, dem Polen.

Eher was Solides.

Siehst gar nicht so aus.

Der Platz passte nicht zu dem Typ. War aufgeräumt, ordentlich, sauber. Sogar der Schotter schien gekehrt. Aber der Typ bediente sonst jedes Klischee: schwarze Haare, schwarze Augen, schwarzer Fünftagebart, tiefdunkler Blick. Balkan original. Wie die früher am Autoput, die einem vom Straßenrand aus immer hinterhergeschaut haben. Was willste denn ausgeben?

Was haste denn da?

Sie gingen über den Platz, sahen sich die Wagen an. Es wurde ein schwarzer Passat, dunkel getönte Scheiben, angeblich hundert-zwanzigtausend, Diesel, erste Hand, scheckheftgepflegt. Sechsein-halbtausend, zwei Jahre TÜV. Meier gab ihm viertausend. Mehr kriege ich heute nicht mehr aus dem Automaten. Meldest du ihn mir morgen an, dann bring ich den Rest mit. Kein Vertrag, Hand-schlag und fertig. Ein Bier? Er nahm eins.

Du warst im Knast, stimmt's? Tiefschwarze Augen sahen ihn an.

Das hat dir Lubo gesagt.

Der schwarze Kopf schüttelte sich. Nee, das muss mir keiner sagen, das seh ich.

123

Lubanski hatte das auch gesehen. Nur Knackis sahen das. Auch Djorkovic hatte gesessen, Meier sah ihm das an. Ja, zehn Jahre.

Ich auch. Acht.

Sie tranken. Machstn jetzt?

Meier zuckte mit den Schultern. Geschäfte.

Was?

Dies und das.

Die schwarzen Augen blitzten. Bist nicht blöd, das seh ich. Wenn du mal was brauchst oder was hast, wasde loswerden willst: Kannste immer kommen. Fast egal, was. Kann dir fast alles besorgen.

Sie tranken darauf. Könnte er vielleicht brauchen, irgendwann, nachdem Wassiliy jetzt nicht mehr ... Nein, Wassiliy wäre auch zu schwierig gewesen als Kontakt in die Halbwelt. Zu exponiert, zu prominent, auch zu groß. Lieber die Kleinen, die Augen und Ohren offen hatten. Und nicht so auffielen, im ganz normalen Alltag waren. Er überlegte. Doch, ich könnte etwas brauchen. Weiß nicht, ob du mir ...

Ja, was?

Er sagte es ihm, Djorkovic telefonierte, wartete auf einen Rückruf, der Rückruf kam, kurzes Gespräch. Dreitausend. Sah Meier an.

Meier nickte.

Djorkovic sagte noch etwas ins Telefon, legte dann auf. Meier hatte kein Wort verstanden. Übermorgen hier, kannst ihn abholen. Handschlag. Bild von dir hab ich, dann brauch ich noch Name und Daten.

Meier schrieb es ihm auf. Edgar Wachter, so hatte er es geplant. Ein ehemaliger Klassenkamerad, über dreißig Jahre her. War nach Australien ausgewandert. Er nannte ihm ein Geburtsdatum, ansonsten seine Maße.

Djorkovic las es sich durch, nahm den Zettel an sich.

Übermorgen sechzehn Uhr?

Der Autoverkäufer nickte.

Meier war noch nicht fertig. Wenn er schon einmal hier war, dann Nägel mit Köpfen. Ach so, und Wechselschilder brauch ich noch. Drei Sätze am besten. Kann ich die haben?

Logo. Was für Nummern?

Egal. Fremde, von weit weg. Köln, Berlin, was weiß ich. Auf jeden Fall Großstadt.

Übermorgen Nachmittag.

Meier fuhr davon.

●

Entschuldigen Sie – Herr Bess? Franz Bess? Eineinhalb Stunden hatte Meier hinter getönten Scheiben in seinem Passat gesessen und gewartet. Hätte noch Stunden gewartet, irgendwann musste er ja kommen. Wohnte ja hier.

Der Angesprochene hielt inne und drehte sich um. Es war nach zweiundzwanzig Uhr, noch resthell.

Ja?

Bess hatte gerade seinen Wagen abgestellt, neuer VW Transporter T6, silbergrau, dunkel getönte Scheiben, und war auf dem Gehsteig rüber zu seinem Haus. Neubausiedlung. Noch keine zehntausend Kilometer, dachte sich Meier. Verdient gut, der kostet schon was.

Wachter mein Name, Edgar Wachter, entschuldigen Sie, dass ich störe. Hielt ihm den Ausweis hin.

Wachter? Bess stoppte, überlegte. Versuchte ihn anzusehen, versuchte etwas auf dem Pass zu erkennen. Zu dunkel. Sagt mir nichts. Kennen wir uns?

Nein.

Der andere ging in Habachtstellung, einen halben Schritt zurück. Normale Reaktion, nur in der Ausführung noch ganz Bulle. Was wollen Sie?

Nur eine kurze Frage.

Ja?

Sagt Ihnen der Name Fürsattl was? Ernst Fürsattl?

Bess musste nicht überlegen. Sie meinen meinen alten Chef? Klar. Mit dem hab ich bis vor acht Jahren zusammengearbeitet.

Seit acht Jahren also war Bess nicht mehr Bulle, entnahm Meier der Antwort.

Sie arbeiten nicht mehr zusammen?

Geht Sie das was an?

Nein, nichts, Sie haben recht, Verzeihung.

War's das?

Nicht ganz. Können Sie mir sagen, wo ich ihn finde?

Fürsattl? Keine Ahnung. Versuchen Sie es mal in Bayreuth bei der Polizei.

Danke für den Tipp. Eine Frage noch: Sagt Ihnen das etwas: Transporter Peugeot Partner 1900, Baujahr nulldrei, rot, Diesel, Anhängerkupplung?

Nein. Was soll mir das sagen? Die Antwort war eindeutig zu schnell gekommen, auch eine Spur zu laut. Also ja.

Überlegen Sie mal.

Muss ich nicht überlegen. Und jetzt gehen Sie.

Nun war alles klar, er stritt es ohne zu überlegen ab.

Ich danke Ihnen, entschuldigen Sie bitte die Störung. Freundlichkeit entwaffnete immer, vor allem in Stresssituationen. Und wirkte sofort.

Wenn Sie da etwas wissen wollen: Suchen Sie doch Fürsattl. Fragen Sie den.

Ich danke Ihnen. Wiedersehen und noch einen schönen Abend.

Wiedersehen.

Meier ging zurück zu seinem Wagen, fuhr davon. Ruhig, unverdächtig. Die Lunte war gelegt. Bess sah ihm nach, notierte sich die Nummer. Würde wahrscheinlich Fürsattl informieren. Ziemlich sicher sogar. Umgehend. Sollte er, war so geplant.

Im Waldstück Richtung Leopoldsgrün tauschte Meier die Nummernschilder zurück. Hatte mit Kölner Nummer bei Bess gewartet. Machte jetzt wieder seine dran. Die Klipphalterungen waren ein Segen. Faltete die Kölner zusammen und vergrub sie mit ein paar Spatenstichen im Gebüsch. Kein Mensch würde hier je suchen, sie je finden. Hof West fuhr Meier auf die Autobahn, Hof Nord wieder herunter. Niemand war ihm gefolgt.

•

Zwei Monate gingen nach der Begegnung ins Land. Die Nächte wurden erst unmerklich, dann spürbar länger, die Temperaturen wieder erträglicher. Mit Ende der Ferienzeit Anfang September ging alles wieder seinen gewohnten Gang. Regelmäßigkeit hielt Einzug, Berechenbarkeit und Verlässlichkeit.

Meier war in diesen Wochen viel unterwegs. Hof, Selbitz, Helmbrechts, Münchberg, Bayreuth, auch Nürnberg. Sein Land, sein Zielgebiet. Dass Wassiliy tot war, erschwerte seinen Plan, er hätte ihn manchmal brauchen können, ihn gerne befragt. Sein Know-how. So aber fuhr er nicht mehr nach Duisburg, das war ihm zu heiß, und zu seinen Leuten hatte er keinen Draht. Meier war auf sich gestellt.

Manchmal stand er nächtelang in irgendeiner Straße und beobachtete durch die getönte Scheibe seines Wagens. Sie gab ihm Schutz. Nicht selten wechselte er die Nummernschilder, immer

blieb er unauffällig. Fuhr nur knapp über dem Tempolimit, ver-
mied Ecken mit Kameras, parkte nie falsch und immer mit Park-
schein. Manchmal saß er abends in einem Wirtshaus allein im Eck
und las scheinbar Zeitung, man hätte ihn durch Wohngebiete gehen oder zielstrebig das eine oder andere Industriegebiet durchque-
ren sehen können. Aber niemandem fiel er auf, er war der kleine,
unscheinbare, niedere Beamte. Wie durchsichtig. Ein Niemand,
um den sich keiner kümmerte. Selbst die, denen er bekannt hätte
sein können, hätten ihn nicht erkannt, es gibt so kleine, ja fast bil-
lige Tricks, das Gesicht zu verändern, die gesamte Erscheinung. Er
wohnte mal hier, mal da, mal im Haus an der Bahn, dann wieder
Tage auf dem Hof bei den Studenten, die keine Fragen stellten,
mal in einem Gasthof, wo er auch gern mit den Wirten plauder-
te. Unverfängliches. Er wusste, wie er seine Fragen einstreuen und
verpacken musste, um an das Wissen zu kommen, das er brauchte.
  Zweimal stieg er nachts in eine Wohnung ein, von der er
wusste, dass der Mieter Nachtdienst hatte. Er veränderte nichts,
entwendete nichts, zumindest nichts, was der Wohnungsinhaber
nachher vermisste. Beim zweiten Mal fand er, was er suchte, und
er hatte gewusst, dass er es finden würde. Einfache Menschen sichern ihre Rechner nicht. Haben einfache Ordnungen mit klaren
Bezeichnungen, auch wenn sie bei Sicherheitsdiensten arbeiten.
Sie müssen Objekte sichern, nicht ihre Wohnungen oder Dateien,
denn bei ihnen war es sicher, sowieso. So lebten sie.

·

An einem frühen Morgen in dieser Zeit rief der Leiter der Nürn-
berger Filiale des international tätigen Sicherheitsunternehmens
Securea zur internen Krisensitzung. Sofort. Es war eingebrochen

worden. Katastrophe. Einbruch bei einem Sicherheitsunterneh-men! Der Gau. Nichts darf nach außen dringen, sonst sind wir tot. Sicherheitschef, in Personalunion Vizechef, und kaufmännischer Chef saßen da und kochten.

Wie konnten die hier reinkommen?

Die hatten den Code. Deshalb auch kein Alarm.

Und die Überwachungskamera am Eingang?

Keine Bilder, wurde eingesprüht.

Wissen wir schon, was fehlt?

Kopfschütteln. Wahrscheinlich nichts.

Wahrscheinlich?

Ziemlich sicher. Haben auf jeden Fall nichts gefunden.

Also fehlt nichts? Irgendwas an den Schränken?

Nein, nichts.

Die Rechner waren aus?

Vier waren an.

Vier Rechner waren an? Wer hat die angelassen? Der Chef war außer sich.

Wachta und Bezold. Wachtas wurde zwei Uhr vierunddreißig eingeschaltet, Bezolds kurz vor drei, sagt die IT.

Waren die nicht passwortgesichert?

Doch, da kamen sie auch nicht rein. Hatten die alten Passwör-ter. Die von vor zwei Wochen. Hat die IT schon alles festgestellt.

Dann ist ja nichts passiert. Und die anderen zwei?

Betretene Pause. Einer war Ihrer, kam es vorsichtig.

Mein Rechner?

Ihrer, ja. Und der von Frau Schröder. Schröder war die Chef-sekretärin. Also seine.

Hitze stieg in ihm auf. Er hatte Frau Schröder am Abend versucht zu überreden, mit ihm auszugehen. Hatte sie bezirzt, Komplimente gemacht. Ging schon seit Wochen so. War ein bisschen verliebt. Ob-wohl, nein, sie machte ihn eher an, seine Ehe würde er nie aufs Spiel setzen. Aber so wie sie saß, ging, sich gab. Ihre Blicke, ihr Duft – das war alles so weiblich. Und dann war's dazu gekommen, dass sie in seinem Büro ... und beim Gehen hatten sie vergessen, die Rechner auszuschalten. Die Aufregung, der Rausch. Die Bildschirme schalteten ja auf Schwarz, merkte man ja nicht, dass sie noch an waren.

Er räusperte sich. Dummes Versehen. Aber wir haben auch lange gearbeitet gestern, kann mal passieren. Sollte aber natürlich nicht. Er versuchte es mit Verständnis, beschwichtigend. Alles halb so schlimm. Aber wurde dann hart: Kein Wort nach draußen! Wissen wir, was sie an den Rechnern gemacht haben?

Ja.

Und?

Sie haben Anlagen angeschaut.

Was für Anlagen?

Sensible Kundendaten.

Geht's etwas genauer?

Diverse Bankfilialen. Volks- und Raiffeisenbanken, Sparkassen. Hofer und Bayreuther Gegend. Selbitz, Helmbrechts, Münchberg. Stromkreise, Sicherheitsanlagen, Überwachungstechnik.

Die Protokolle liegen vor?

Nicken. Hat alles die IT.

Schweigen, Nachdenken. aufsteigende Hitze, Panik. Scheiße. Nichts davon geht raus, verstanden?

Aber ...

Das ist eine Dienstanweisung.

Die zwei Teilnehmer nickten. Dachten sich ihren Teil. Sie könnten Meldung machen an die Zentrale. Oder stillschweigen und ihren Chef in der Hand haben. Konnte man Nutzen draus schlagen, irgendwann.

Sollen wir die Kunden informieren? Vielleicht warnen?

Seid ihr verrückt? Nein. Wollt ihr, dass ihr euren Job los seid? Dass wir alle ...?

Er sprach nicht weiter.

Die Besprechung war beendet.

•

Das mit der Parabellum ärgerte ihn manchmal. War er vielleicht vorschnell gewesen? Unüberlegt? Vielleicht hätte er sie doch behalten sollen. Egal, war nicht mehr zu ändern. Nein, es war gut, dass er sie nicht mehr hatte. Hast du ne Waffe, benutzt du sie auch irgendwann. Trotzdem: Der Gedanke kam immer wieder. Er schob ihn weg, beschloss, dass es besser so war.

•

Du schon wieder?

Ich brauch was.

Wusste, dass du irgendwann wiederkommst. Riech so was. Was brauchstn?

Was für nen Wagen mit Keyless Go.

Um den Code abzugreifen?

Ja.

Kennste dich damit aus?

Nicht richtig. Haben sie drin bloß drüber geredet, und ich hab was drüber gelesen. Technisch wohl kompliziert, aber scheint ja nicht sonderlich schwer zu sein. Djorkovic nickte. Die Schlüssel der modernen Fahrzeuge waren keine echten Schlüssel mehr, sondern Sender. Funktionierten per Funkcode und sendeten permanent Signale. Befandest du dich im Sendebereich, konntest du die abfangen. Bis auf Entfernungen von etlichen Metern. Hattest du das Signal, konntest du damit das Fahrzeug öffnen und starten. Kein Aufbrechen mehr, kein Kurzschließen, saubere Sache. Hunderte Neufahrzeuge waren seither so geklaut worden. Vor der Haustüre, aus Carports, überall. Innerhalb von Sekunden. Genau ein Gerät dieser Technik brauchte Meier jetzt.

Nee, ist nicht allzu schwer, kann ich dir dann zeigen. Kostet aber ein wenig.

Meier nickte, war ihm klar.

Warte. Djorkovic telefonierte. Die Sprache verstand Meier nicht. Dann setzte Djorkovic das Telefon ab, sah Meier fragend an. Übermorgen? Zweieinhalbtausend?

Meier nickte.

Djorkovic legte auf. Ist wirklich nicht allzu schwer jetzt mit den Dingern. Musst aber aufpassen, welchen Wagen du nimmst.

Wieso?

Die besten sind meistens schon vergeben. Quasi bestellt. Warten nur noch aufs Abgeholtwerden.

Keine Bange, da misch ich mich nicht ein. Will mir nur kurz einen leihen. Nur für ne Nacht. War aber früher schon so.

Was?

Das mit dem Bestellen. Kann ich dir ne Geschichte erzählen.

Erzähl.

Ist schon lange her. War in den Neunzigern, ein Kumpel von mir damals in Bayreuth.

Und? Bier?

Wart ab. Ja, gib mir eins.

Sie rissen die Dosen auf und tranken. War mit einer Tschechin verheiratet. Deren Eltern hatten sich einen BMW bestellt. Der stand dann, nagelneu und blitzblank, zwei Tage vor der Haustür. Prag. War eine Seitenstraße. Da spielten ein paar Kinder Fußball, kickten so rum, und wie's der Teufel will, bolzt eins der Kinder den Ball gegen den Seitenspiegel.

Prost.

Prost. Und pling, fällt das Glas raus.

Scheiße.

Nee, gar nicht, war sogar gut. Denn hinter dem Spiegel, im Gehäuse, weißt du, was da war?

Ich ahne es.

Ja. Neue Papiere auf einen anderen Namen und die Wagenschlüssel. Der Wagen war quasi schon von den Schiebern bestellt, der stand nur da zur Abholung. Irgendwann wären die gekommen die nächsten Tage, wahrscheinlich nachts, Seitenspiegel auf, Schlüssel raus und weg. Und wären über jede Grenze gekommen mit den Papieren.

Respekt. Nagelneuer Wagen?

Fabrikneu, ja.

Heißt, die haben bei BMW ihre Mittelsmänner gehabt.

Sieht ganz so aus. Zumindest irgendwo in der Handelskette. Weiß man nicht.

Und was haben die dann gemacht? Die Eltern, meine ich?

Den Wagen sofort wieder verkauft. Dann hatten die anderen das Problem, also die neuen Käufer.

Und? Noch mal was gehört?

Nee, nie mehr.

Na ja, so war das früher. Heute machste es mit Keyless Go, ist einfacher. Aber musste auch aufpassen.

Wie meinst du?

Weißte, wenn du hier nen Porsche knackst oder so was, also ne Luxuslimousine, und irgendwer von den Brüdern hat sich den Wagen schon ausgekuckt, kann's ungemütlich werden. Die lassen sich nicht gern beklauen, macht denen das Geschäft kaputt. Weil die Kisten sind ja irgendwo schon bestellt, müssen ja liefern. Also lass da lieber die Finger von.

Ich glaub, da krieg ich kein Problem, will was ganz anderes.

•

Djorkovic zeigte ihm, wie das Gerät funktionierte, als Meier zwei Tage später wiederkam. Relativ leicht zu handhaben. Das Teil greift die Signale ab, die der Schlüssel ständig sendet. Heißt, du musst mit dem Teil irgendwo in der Nähe des Schlüssels sein.

Wie nah dran?

Zehn, zwölf Meter reichen, je nachdem. Können auch Fenster dazwischen sein oder ne Tür, auch ne Wand, wenn sie nicht zu dick ist. Musst du ausprobieren. Also, das Gerät da fängt die Signale ab, das ist dann dein Schlüssel. Damit entriegelst du den Wagen und startest ihn. Hier draufdrücken.

Und das zweite? Auf dem Tisch lag ein weiteres kleines Kästchen.

Das ist ein Verstärker. Brauchste nur, wenn du mit Nummer eins nicht nah genug herankommst. Der greift das Signal ab und verstärkt es, damit es Nummer eins lesen kann. Nachteil: Mit dem kannst du nicht starten, nur mit Nummer eins. Und du musst beide gleichzeitig bedienen, heißt, du musst zu zweit sein.

Na, ich werd schon nah genug herankommen.

XII

Als der Polizist Ernst Fürsattl wie alldonnerstagabendlich in Helmbrechts zu seinem Kartelabend aufbrechen wollte, lag das Handy nicht auf dem Tisch.

Aber hatte er es überhaupt hingelegt, vorhin, zusammen mit Brieftasche und Schlüssel, als er aus Bayreuth gekommen war? Er wusste es nicht. Schaute rüber in die Küche, in seine Aktenmappe, in seine Jackentaschen. Nichts. Er schloss die Tür zur Veranda und machte sich auf den Weg. Vielleicht im Auto? Er warf noch einen Blick hinein, als er draußen war. Auch nichts. Wich einem Passat aus, der gerade losfuhr, wahrscheinlich Besuch vom Nachbar. Fremder auf jeden Fall, Berliner Nummer. Ja, sicher hatte er es im Büro liegen lassen, war aber auch egal, heute hatte er keinen Dienst. Außerdem war er knapp in der Zeit. Eigentlich schon zu spät. Würden sie wieder maulen, seine Kartelbrüder. Also los. Ja, im Präsidium auf dem Schreibtisch, das ergab Sinn. War ihm schon einmal passiert. Er ließ nach, das Alter. Schwang sich aufs Rad. War besser, weil er heute was trinken wollte. Karteln ohne Bier geht gar nicht. Fünf Minuten später betrat er den *Adler*. Gasthof mit Fremdenzimmern. Es waren schon alle da.

Der Wirt lachte ihn an. Na, wieder Verbrecher gejagt bis zum Anschlag? War gut, dass der wieder lachte. Hatte er ein Jahr lang nicht. Hätte fast die Kneipe zugemacht. Trauer. Dabei gab's den *Adler* schon zweihundertundwieviel Jahre. Dritte Generation. Oder vierte, gar fünfte? Einer von den Ahnen vor zweihundert Jahren muss mal ausgesehen haben wie ein Adler. Schmales Gesicht und riesige Hakennase. Daher der Name, so die Mär. Dem Wirt war die Frau gestorben, ganz schnell. Einfach so. Manchmal ist das Leben wirklich scheiße. Alles umsonst. War er fertig gewesen mit der Welt. Wäre fast nicht mehr auf die Beine gekommen. Und Lachen war so weit für ihn entfernt wie Sibirien.

Weiter. Aber jetzt lachte er wieder. Wenigstens kurz mal.

Bier?

Bier.

Mach ich dir.

Um halb zwölf kam Fürsattl wieder heim. Mit vier Bier und drei Schnäpsen intus. Seine Frau lag schon im Bett und schlief, die Kinder ebenso. Er war leise, wie immer. Niemand hörte ihn kommen. Hätte eigentlich ja nicht einmal mehr Rad fahren dürfen, gerade als Polizist. Musste ja Vorbild sein. In den Städten kontrollierten die das. Aber hier draußen? Nee. Fuhren alle noch nach dem *Adler*. Die meisten sogar mit dem Auto, und wenn's bloß den Berg rauf ins Wohngebiet war. War schon immer so, wird auch so bleiben. Man kannte sich ja, Vorteil der Provinz.

●

Er schlief, wie immer, wenn er beim Karteln war, getrennt von seiner Frau. Weil er mit Alkohol schnarchte. Und er schlief schlecht in dieser Nacht. Unruhig. Zu viel Alkohol. Träumte von seinem Handy. Dass es nicht im Büro war.

●

Am frühen Morgen stand er als Erster auf, die anderen schliefen noch. Ging zum Briefkasten am Gartentor, die Zeitung holen. Da lag es. Vielleicht hatte er es im Garten verloren oder auf dem Weg, vielleicht schon am Auto. Ein Nachbar hatte es womöglich gefunden und ihm in den Briefkasten gesteckt. Er war ja nicht da gewesen gestern, am Abend. Ja, so war es sicher gewesen.

Gut, wenn man in so einer Gemeinschaft lebt. Aber er hatte ein komisches Gefühl.

Als er in Bayreuth ins Präsidium kam, brannte die Luft.

•

Der Sicherheitsmann Franz Bess hatte wie immer gut geschlafen. Er liebte es, früh zu Bett zu gehen und früh ausgeschlafen zu sein. War ein Morgenmensch. Eine Lerche. Gegen halb fünf war er einmal kurz aufgewacht. Da war es schon dämmerig gewesen, aber noch viel zu früh. Hatte geglaubt, eine Autotüre gehört zu haben. Hatte dann auch gestimmt, denn kurz darauf war ein Wagen fortgefahren. Nach einem Blick auf die Uhr hatte er sich noch einmal gestreckt und geräkelt und war wieder eingeschlafen. Es gibt nichts Schöneres, als nachts aufzuwachen und wieder einschlafen zu dürfen. Nicht nur einmal hatte er mit dem Gedanken gespielt, sich nachts den Wecker zu stellen, nur um es zu genießen, wieder einschlafen zu können.

In seinem neuen Bulli roch es heute etwas eigenartig, oder bildete er sich das ein? Anders irgendwie. Aber der roch doch sowieso jeden Tag anders. Hatte noch keinen eigenen Geruch, zumindest nicht für ihn. Würde sich einpendeln. Aber er sollte sich vielleicht angewöhnen, abends noch einmal zu überprüfen, ob der Bulli zu war, wenn er ihn abstellte. Heute früh nämlich war er nicht abgesperrt gewesen. Bei dieser neuen Technik blickst du einfach nicht durch. Wie nannten sie die? Keyless Go oder so. Verlässt du das

Auto, Tür zu, und Sekunden später sperrt der ab. War er aber nicht – nicht heute früh. Musste also doch noch immer überprüfen. Kann ich auch gleich mit der Hand absperren, wenn das so ist. Brauch ich kein Keyless Go. Bess drückte den Starterknopf und fuhr los. Steve Winwood sang aus den Boxen sein *Back to the High Life*, Bess drehte auf. So mochte er es. Gute Musik, satter Sound. Wieso war der Tank eigentlich nur noch knapp über halb voll?

Als er in den Hof der Securea fuhr, nahm ihn die Polizei in Empfang.

Sind Sie Franz Bess?

Ja.

Ist das Ihr Wagen?

Ja, aber sagen Sie …

Wo waren Sie heute Nacht?

Daheim, wo sonst.

Sie waren nicht in Kronach?

Kronach? Wie komme ich denn dazu? Er lachte verunsichert. Nein, garantiert nicht.

Im Industriegebiet drüben?

Industriegebiet? Kronach? Was reden Sie für ein Zeug. Er war daheim, die ganze Nacht. Ohne Zeugen, kam ihm. Blöd, aber das würde sich aufklären lassen. Aber warum fragen Sie? Was suchen Sie denn, was ist los? Kann ich Ihnen vielleicht helfen? Ich bin übrigens Kollege, also ehemaliger Kollege. War bis vor acht Jahren selber bei der Polizei. Vielleicht konnte er ja so punkten und Vertrauen gewinnen. Im Moment fühlte er sich als Beschuldigter behandelt und wusste nicht, wofür. War ein Scheißgefühl. Um was geht's denn überhaupt?

Die Fragen hier stellen wir.

Verstehe. Hätte er früher auch nicht anders gemacht. Gib nie die Autorität aus der Hand, war eine eiserne Regel. Lass dich nie einlullen, schaff nie zu viel Nähe. Du bist der, der die Fragen stellt, niemand anderes. Nie.

Wir müssen Sie leider bitten, mitzukommen.

XIII

Fürsattl war schnell informiert. Ein Wachmann der Securea hatte bei seinem Kontrollgang um ein Uhr nachts einen Transporter gesehen. Neuer Bulli, silbergrau, Scheiben getönt. Geparkt vor dem Hintereingang einer Raiffeisen-Filiale im Industriegebiet Nähe Kronach. Hatte ihn sich angesehen, schien unverdächtig, zur Vorsicht die Nummer notiert, Vorschrift, und weiter seine Runde gedreht. Als er um drei wiederkam, neue Runde, war der Transporter weg. Ein Fenster der Filiale war aufgebrochen. Das, vor dem der Transporter gestanden hatte. Und ein Schachtdeckel offen, gleich daneben. Er sah hinein. Durchtrennte Kabel. Er schlug Alarm.

Zwei Stunden später wusste man Bescheid. Die Täter hatten im Schacht die Telefonverbindung und die Alarmanlage durchtrennt. Mussten sich ausgekannt haben. Und waren eingebrochen, durchs eingeschlagene Fenster, vor dem der Bus geparkt und dadurch das Fenster verdeckt hatte. Hatten sich in den Keller durchgearbeitet, über zweihundert Schließfächer aufgestemmt. War kein Tresorraum, nur ein Kellerraum, allerdings nur über den Bankraum erreichbar, und von dort nur durchs Büro des Filialleiters. Also tagsüber gut bewacht, nachts nicht, gab ja die Alarmanlage. Ihre Beute: Schmuck, Wertpapiere, Goldmünzen, Goldbarren. Vorläufig geschätzter Gesamtwert: vielleicht zweieinhalb Millionen, Genaueres erst in mehreren Tagen. Inhalte von Schließfächern waren ja geheim. Mehr als zwei Sporttaschen hätten die Täter nicht gebraucht. Dann haben sie die Abflüsse verstopft und das Wasser aufgedreht überall. Spuren verwischen. Zehn Zentimeter hoch stand es schon unten, als die Ersten runterkamen. War schon mindestens eine Stunde gelaufen.

Zwei Feuerlöscher hatten sie noch versprüht gegen die Spuren. Und den Server geklaut aus dem Technikraum, ganz gezielt. Auf dem waren die Aufnahmen der Überwachungskameras. Die waren da nicht zufällig, kommentierte Fürsattl. Und – er machte eine Pause – überlegte: Irgendwie erinnert mich das an etwas.

Fragende Blicke der Kollegen.

Ich hab's gleich. Ja: Arzhang, Roozbeh, Thilaa, Mirai. Sagt euch das nichts?

Miri schon. Einer der Beamten. Teppichmanufaktur in Isfahan und Teheran, hochwertigste Teppiche, echte Kunst. Hängen in London, New York, Moskau und so, überall in den besten Museen. Selbst bei der Queen ...

Fürsattl wischte die Ausführungen des Kollegen weg. Hier geht's nicht um Teppiche. Nee, Arzhang, Roozbeh, Thilaa, Mirai etc., das sind libanesische Clans in Berlin, Köln, Frankfurt und so. Die haben schon mal so einen Bruch gemacht. Ganz ähnlich. Könnt ihr euch nicht mehr erinnern? Haben sie uns doch auf dem Lehrgang von erzählt damals in Schwandorf.

Stimmt, ich erinnere mich. Sag bloß, die schlagen jetzt hier auch zu.

Fürsattl blies. Das wär ja n Ding. Nee, hoffentlich nicht. Mir langt's schon mit dem ganzen Crystal-Meth-Scheiß, der aus dem Osten rüberschwappt. Er machte ne kurze Pause. Und wir haben die Nummer von dem Bus?

Ja, und den Halter. Haben ihn schon gestellt, ist schon hierher unterwegs. Wirst dich wundern, Chef, ist ein alter Bekannter.

Kein Libanese?

Nee.

Gott sei dank.

•

Die Tür ging auf. Ein Mann, flankiert von zwei Uniformierten, trat ein, besser: wurde eingetreten. Mehr geschoben und geschubst, als dass er selbst ging. Dann stand er im Raum.

Bess! Du?!

Servus, Ernst. Kannst du mir bitte erklären, was das alles soll? Was ist denn hier eigentlich los? Er war ziemlich aufgebracht.

Dieser Bulli ist dein Bus?

Welcher Bulli?

T6, ziemlich neu, silbergrau, dunkel getönte Scheiben. Er nannte das Kennzeichen.

Ja.

Dann hätten wir an dich ein paar Fragen. Klang, als ob zwischen den beiden mal was gewesen wäre. Nichts Gutes.

Was, bitte? Worum geht's denn hier eigentlich?

Dieser, dein Bus stand heute Nacht im Industriegebiet drüben bei Kronach vor dem Hintereingang einer Raiffeisenbank. Wo bitte warst du heute Nacht?

Spinnst etz? Der Bus stand bei mir im Carport. Und zwar die ganze Nacht. Und ich war daheim, wo sonst?

Das werden wir bald haben, der Bus wird gerade untersucht.

Wie – ihr untersucht meinen Bus?

Fürsattl nickte. Aus der Bank wurden zweieinhalb Millionen geklaut. Mindestens.

Na, wenn ihr die in meinem Bus findet, würde ich gern die Hälfte haben.

Noch mal. Fürsattl wurde jetzt amtlich. Wo warst du heute Nacht?

Daheim.

Zeugen?

Nee, meine Frau ist bei ihrer Mutter, und Karla, meine Tochter, ist im Schullandheim.

Also keine Zeugen?

Nein.

Das ist schlecht.

Ernst, mir fällt was ein. Kam ihm albern vor, das jetzt zu sagen. Wusste, dass es hilflos klingen würde. Hätte er als Bulle niemandem abgenommen. Niemals. War nichts als ein hilfloser Versuch, zum Scheitern verurteilt. Trotzdem musste er.

Ja?

Als ich heute früh zum Bus ging, war der offen. Obwohl ich ihn gestern abgesperrt hatte.

Sicher?

Du meinst sicher abgesperrt?

Ja. Hattest du das überprüft?

Nein. Aber noch was. Als ich heute früh eingestiegen bin, hab ich mir eingebildet, dass es komisch riecht. Also anders. Hab's aber nicht weiter beachtet und mir keine Gedanken gemacht, weil ich den Geruch des Wagens noch nicht so kenn. War nicht ganz sicher.

Fürsattl schüttelte zweifelnd den Kopf. Wie kannst du dann sagen, dass es anders gerochen hat?

Nein, es geht ja noch weiter. Heute früh, so gegen halb fünf, bin ich mal aufgewacht. Glaubte, eine Autotür gehört zu haben. War es dann auch, denn kurz darauf fuhr ein Wagen fort. Was für einen Schwachsinn erzählte er denn hier. Klang doch alles wie ausgedacht. Hilflos ausgedacht. Schlicht dumm.

Und? Rausgeschaut? Und die Nummer aufgeschrieben?

Nee, natürlich nicht. Stehst du mitten in der Nacht auf und schreibst von jedem Auto die Nummer auf, das irgendwann irgendwo fortfährt? Nee, ne.

Fürsattl machte sich Notizen.

Und noch was: Heute früh war die Tankanzeige nur auf knapp über halb. Obwohl ich erst vorgestern getankt hatte. Und nicht mehr als hundert Kilometer gefahren war. Na, vielleicht hundertzwanzig.

Fürsattl schaute beinahe mitleidig. Was willst du mir denn erzählen? Dass jemand in der Nacht deinen Bulli geschnappt, mit dem den Bruch gemacht und ihn dir dann fein säuberlich wieder vor die Haustüre gestellt hat? Klingt ziemlich dünn, findest du nicht auch? Er überlegte. Oder hast du Feinde?

Ja, weiß schon, klingt alles ziemlich blöd, muss ich dir recht geben. Nein, Feinde hab ich nicht. Nicht, dass ich wüsste.

Das Telefon klingelte. Fürsattl nahm ab.

Ja?

Hörte eine ganze Weile zu, machte sich Notizen.

Danke.

Legte auf. Sah seinen ehemaligen Kollegen Bess an. Es gibt Neuigkeiten.

Ja? Habt ihr was gefunden?

Ja. Einen Pullover, dunkelblau, Wolle. Hast du so was?

Ja, freilich. Mehrere sogar.

Lag hinten unter der Abdeckung, also im Kofferraum. Hattest du da einen liegen?

Bess überlegte. Nein. Äh, kann mich nicht erinnern.

Also jetzt ja oder nein?

Eher nein.

Na ja, wird sich feststellen lassen, ob es deiner ist. Hängt ja bestimmt irgendwo ein Haar dran oder ne Hautschuppe. Das Spannende aber ist nicht der Pullover.

Sondern?

Es sind Löschschaumreste dran. Und ein Brecheisen ist drin eingewickelt gewesen, auch ein Fäustel. Die Sachen sind auf dem Weg hierher. Kannst dann ja sehen, ob es deine sind.

Das würde mich wundern. Kann ich dann gehen?

Fürsattl lachte auf. Die Frage kannste dir doch selber beantworten, oder? Warst doch lange genug im Geschäft. Aber noch ne andere Frage: Hast du ein Handy?

Blöde Frage, klar.

Und immer dabei?

Sowieso.

Und nachts?

Liegt es auf dem Nachttisch, falls in der Firma mal was ist.

Kann ich es einmal haben? Dann werten wir aus, wo du heute Nacht warst, beziehungsweise dein Handy.

Bess gab es ihm. Wie lange wird das dauern?

Halbe Stunde, höchstens. Geht heutzutage ziemlich schnell. Haben gute Drähte zu Staatsanwalt und Telefongesellschaften. Kaffee?

Ja, kann ich brauchen. Sie verließen den Raum, ließen Bess zurück.

Zwanzig Minuten später kamen sie zurück, Kaffee dabei. Fürsattl legte Bess' Handy auf den Tisch. Hat deine Wohnung nicht verlassen. Spricht schon mal für dich.

Bess nahm es an sich, steckte es ein. Manchmal sind die Dinger auch zu was gut.

Freu dich mal nicht zu früh. Es müssen erst mal die anderen Sachen untersucht werden. Kann ja auch sein, dass du schlau warst und das Handy absichtlich daheimgelassen hast.

Du gehst also immer noch davon aus, dass ich …

In diesem Moment kam ein Beamter herein, einen Karton auf den Armen. Verschweißte, durchsichtige und beschriftete Plastiksäcke darin. Stellte den Karton auf den Tisch.

Fürsattl nahm eine Tüte heraus. Der blaue Pulli. Deiner? Schob ihn Bess hin.

Der sah kurz drauf, schüttelte dann den Kopf. Gleichzeitig schnellte Fürsattls Puls in die Höhe. Er hatte eine geflickte Stelle an dem Pulli entdeckt. Er besaß so einen. Mit einer geflickten Stelle genau da. Rechts auf der Schulter. Genauso schlecht gestopft. War ein Mottenloch gewesen, hatte er selbst versucht. Aber für zu

Hause taugte der Pulli noch. Sein Hirn lief auf Alarm. Der hatte über dem Stuhl gelegen neben der Verandatür. Was hatte das zu bedeuten? Sein Pulli in Bess' Bus? Sollte er das jetzt sagen? Gleich klarstellen? Was brachte das für Verwicklungen. Seine Gedanken überholten sich gegenseitig, schnitten sich, wechselten die Spur. Ein Bruch mit Bess' Bulli. Sein Pullover in dem Bus. Wie kam der dorthin? Muss jemand geklaut haben. Die Verandatüre war offen gewesen! Wollte ihm jemand etwas in die Schuhe schieben? Was würde das auslösen, das jetzt zu sagen? Dass das seiner ist und jemand bei ihm eingestiegen sein musste, den Pulli mitgenommen hat? Was für eine hirnrissig dumme Geschichte, so unglaubhaft wie die von Bess! Er entschied sich dagegen. Niemand würde je darauf kommen, dass das seiner sein könnte. Wie auch. Also nichts anmerken lassen, niemand wusste was. Er zog die Plastiktüte vom ehemaligen Kollegen weg, beiseite. Nahm das nächste Tütchen raus. Trotzdem: Seine Hand wollte zittern. Er unterdrückte es. Goldarmband. Schob es Bess hin. Deins?

Nie gesehen.

Zog es zurück. Cool bleiben. Langsam atmen! Hatte zwischen den Sitzen der Rückbank gelegen, las er auf dem Beipackzettel. Ohne zittrige Stimme. Wahrscheinlich Teil der Beute. Irgendwie rausgerutscht. Inhalt irgendeines Schließfachs. Er wurde wieder ruhiger. Du weißt, was das bedeutet?

Was?

Wir werden wahrscheinlich ne Haussuchung machen müssen bei dir.

Haussuchung? Warum?

Du hast Diebesgut im Auto. Wahrscheinlich aus der Bank, das werden wir noch feststellen. Aber das ist ja irgendwie reingekommen in dein Auto. Fast hatte er wieder Oberwasser.

Nächste Tüte, das Brecheisen. Es fiel ihm fast aus der Hand. Er sah sofort: seins! Was für eine Scheiße war das denn? Was

wurde hier gespielt!? Ruhe bewahren. Lass dir nur nichts anmerken!

Hier das Brecheisen. Schau es dir an. Na, das wirkte doch schon
wieder ganz gefestigt. Selbstbewusst. Frontal. Gut so. Weiter so.
Schon mal gesehen? Deins?

Bess sah drauf, schüttelte den Kopf, schob die Tüte weg. Schien
genervt. Sah noch einmal hin. Nachdenklich. Kramte im Kopf.
Wurde schlagartig wach. Zog die Folie mit dem Eisen noch mal
zu sich. Sah seinen ehemaligen Kollegen an. Kniff die Augen zusammen, deutete darauf. Sprach langsam. Klopfte dazu mit dem
Zeigefinger auf den Tisch. Das ist doch deins, oder? Schau hier,
das W. Das blaue, lackierte W. W für Waldmoser, erinnerst dich?
Nein? Nicht?

Fürsattl überging die Bemerkung, nahm das Brecheisen, als sei
nichts gewesen, tat es zurück in den Karton. Als hätte er nichts gehört. Fühlte sich an wie in Trance. Scheiße. Scheiße. Scheiße. Was
wird hier gespielt? Nahm die nächste Tüte. Leicht zittrige Hand,
nicht mehr zu unterdrücken. Der Fäustel. Wusste sofort Bescheid,
ein Blick nur. Bess auch. Hitzewelle.

Schau, da auch: das W! Du hast doch solches Werkzeug! Das ist
doch deins. Zumindest hast du es damals gekauft. Das und noch
viel mehr.

Quatsch nicht. Wie soll denn das dahinkommen? Der hat doch
sehr viel mehr verkauft damals. Mein Werkzeug liegt bei mir im
Keller. Sein Kopf raste. Jetzt wurde es schon langsam peinlich, eng,
kompliziert.

Hören Sie. Bess wandte sich an einen der beiden anderen Beamten. Bitte informieren Sie Ihren Vorgesetzten. Diese Werkzeuge
mit dem W, diesem blauen W da, er deutete darauf, hat der Ernst,
also dieser Herr Inspektor Fürsattl hier … oder ist er schon Ober-
inspektor inzwischen? Zumindest hat er sich das damals alles gekauft. Alles das mit dem W drauf. Erinnerst du dich?

So war es gewesen. Der Waldmoser hatte Pleite gemacht. War ein Österreicher gewesen. Hatte ein Bauunternehmen gehabt, so zwanzig Mann. Hat in der Region hier die Häuser verkleidet. Mit diesen Asbestplatten. Wohnblocks und Hochhäuser, von Hof bis runter nach Bayreuth. Wie man es damals halt gemacht hat. Hingen heute noch überall an den Häusern. Macht ja keiner mehr runter. Brauchst du aufwendigen Atemschutz, musst du aufwendig entsorgen, kostet einen Haufen Geld. Ja, der hat gute Geschäfte gemacht damals, der Waldmoser. Hat ihn überheblich gemacht, schwamm oben auf der Suppe. Viel zu schnell reich geworden. War n windiger Typ. Immer so halbseidene Sachen. Ein bisschen Halbwelt, Nächte durchgezockt, Weiber, auch mal ein paar Dinger gedreht. Kleine nur, aber doch. War aber auch eine andere Zeit damals. Wurde ein Auge zugedrückt, wenn was schieflief. Oder Kontrollen durchgesteckt. Angekündigt halt. Wegen Fürsattl. Hat sich ja auch immer gelohnt. Waldmoser war da nicht knauserig. Aber dann ging's plötzlich bergab. Wenn das erst mal losgeht, hältst du das nicht auf. Erst ist ihm die Frau gestorben, einfach so. Noch ganz jung. Die hatte die Bücher geführt, die ganzen Finanzen gemacht, Angebote erstellt, die Aufträge gemanagt. Ab dem Moment, wo sie weg war, ging's rasend schnell in den Keller. Weil er nicht rechnen konnte. Nur Geld ausgab. Viel Geld.

Dann ist einer seiner Arbeiter vom Gerüst gefallen in Münchberg. Vierter oder fünfter Stock. Und gestorben. Missachtung der Sicherheitsvorschriften. Riesenzirkus. Hat er ein Verfahren am Hals gehabt, musste viel zahlen. Das hat Öffentlichkeit gegeben, und das hat den Firmenruf versaut. Kein Vertrauen mehr. Die Aufträge blieben weg, die Öffentlichen zogen sich zurück, er musste Leute entlassen. Es ging weiter bergab. Schließlich Konkurs. Und dann hat er unter der Hand seine Maschinen verkauft, die Gerüste, sein Werkzeug, alles. Damals war er, Bess, mit Fürsattl, seinem Chef, öfter bei ihm gewesen. Dies und das. Heikle Zeit, hätte viel rauskommen können damals, liefen viele krumme Dinge. Einmal dann hat der Fürsattl selber bei ihm »eingekauft«. Zeug aus der Konkursmasse. Bohrhämmer und Fäustel, Kabeltrommeln und Flexe, eine Tischkreissäge und Handkreissägen, Profischrauber, Wasserwaagen – alles, was zu kriegen war. Das ganze Auto hatte er sich vollgeladen. Für nen Appel und n Ei. Am Insolvenzverwalter vorbei. Der Deal mit Waldmoser: Er forschte nicht weiter nach, wo seine zwei Benze hin waren. Sollte nur feststellen, dass sie aus der Garage geklaut worden waren. Dabei standen die nur zwei Tore weiter, im selben Garagenblock. Haben alle gewusst. Die hat der Waldmoser dann auch noch unter der Hand verkauft. Ihm, Bess, war das langsam zu heiß geworden damals, er wollte sich nicht weiter mit reinziehen lassen. Hatte auch Schiss. Der Fürsattl aber nicht. Hatte keine Hemmungen, fühlte sich sicher. Ging ja auch gut, ist ihm nie jemand draufgekommen. Er, Bess, aber hatte es vor ein paar Jahren endgültig satt gehabt, wollte nen sauberen Job machen. Nichts Krummes. Clean sein, nicht immer mit drinhängen. Nichts mehr davon wissen.

Erinnerst du dich nicht? Du hast doch von dem Waldmoser damals das ganze Werkzeug mitgenommen. Alles mit diesem W drauf. Bess wandte sich erneut an die beiden Kollegen Fürsattls im Raum. Ich verlange, dass Sie das jetzt zu Protokoll nehmen. Und Ihren Vorgesetzten holen. Dass hier nichts unter den Teppich gekehrt wird.

Fürsattl machte auf unschuldig, ahnungslos, arrogant. Holt ihn ruhig.

Einer der beiden anderen ging los. Schweigen im Raum. Bess hatte hier gerade keinen Freund. War Nestbeschmutzer, Verräter, Verleumder. Gegen einen Polizisten und Kollegen erhebst du besser kein Wort.

Das mit dem Pullover ist dumm, dachte Fürsattl. Muss ich noch klären. Kommt sonst sicher noch raus. Hätte ich gleich tun sollen.

Der Chef kam mit rein. Is n los?

Der eine Beamte klärte ihn auf.

Und wo ist das Problem?

Der Besitzer des Bullis, wieder das Deuten auf Bess, behauptet, die Werkzeuge gehörten ihm. Fürsattl. Deuten auf den.

Ist das dein Werkzeug? Frage an Fürsattl.

Keine Ahnung. Ich hab solches Zeug. Mit so nem W drauf. Vor langer Zeit mal gekauft bei ner Unternehmenspleite. Gab's aber viel von, haben auch andere. Ist weit verteilt. War ja kein Hinterhofbetrieb damals, als der pleiteging. Waldmoser, erinnerst dich vielleicht noch. Ist ja auch Jahre her. Wir müssen ja nur zu mir fahren und nachschauen. Mein Werkzeug ist bei mir im Schuppen. Wäre doch gelacht, wenn's nicht da wär, dachte er sich.

Dann ist der Fall doch ganz einfach, meinte der Chef. Das mit dem Bulli – den untersuchen doch unsere Spezialisten, oder?

Klar, sind schon dabei.

Und das Alibi von ihm überprüft ihr auch.

Sowieso.

Also, wo ist das Problem. Die Kollegen entscheiden, ob Sie gehen können, meinte der Chef zu Bess. Sie halten sich auf jeden Fall bereit für Fragen. Das Labor soll Gas geben, ob das die Tatwerkzeuge waren. So lange bleiben Sie am besten hier. Und zwei Kollegen fahren rüber zu Fürsattl und schauen, ob sein Werkzeug da ist. Nehmt ihn am besten mit, er weiß, wo das Zeug ist. Ende Gelände. Und jetzt los.

XIV

Die Rückfahrt von Fürsattls Haus war nicht sehr gesprächig. Fragen standen im Raum. Schwere Fragen. Sehr schwere Fragen.

Das Werkzeug war nicht da gewesen. Brecheisen und Fäustel: nicht an ihrem Platz. Auch sonst nirgendwo. Gänzlich unerklärlich, verzweifelter Fürsattl. Auch deshalb, weil die zwei Beamten helle waren.

Was ist denn das? Etwas glänzte unter der Werkbank.

Was?

Das. Fürsattl bückte sich, sah es an. Nicht anfassen!

Ein Collier. Brillanten, so wie es aussah.

Keine Ahnung, nie gesehen.

Edelsteine. In deiner Werkstatt. Nie gesehen? Klingt komisch, oder? Der Kollege informierte die Spurensicherung.

Und das hier? Zwei kleine Kästchen auf einem Sideboard, notdürftig unter einer Zeitung. Nicht anfassen!

Keine Ahnung, nie gesehen. Natürlich wusste er, was das war. Reichweitenverlängerer. Hatten sie schon öfter den Schieberbanden abgenommen oder deren Helfershelfern. Wenn die nachts in den dicken Autos Richtung Grenze kachelten.

Reichweitenverlängerer sind das, würde ich sagen. Machst n du mit solchen Dingern?

Habe ich nie hier gesehen, ich schwör's euch. Fürsattl wurde immer verzweifelter.

Na, wird sich ja alles aufklären. Muss erst mal alles untersucht werden. Im Moment aber – puh. Eng. Wo warst n gestern Nacht?

Abends im *Adler*, Karteln. Können alle bezeugen.

Ja, vielleicht bis zwölf. Aber zur Tatzeit?

Gepennt. Hatte immerhin vier Bier und mehrere Schnäpse.

Zeugen dafür?

Für die Schnäpse?

Nein, fürs Daheimsein.

Frau und Kinder.

Die können wir ja befragen. So kamen sie zurück zur Wache.

•

Zwei Tage Hektik, dann gab's für Fürsattl einen Haftbefehl. Brecheisen und Fäustel waren die Tatwaffen. Die Spuren eindeutig. An den Werkzeugen seine DNA, keine andere. Dazu Staubpartikel vom Tatort, Spuren von Feuerlöschschaum, und zwar des dort verspritzten. Und kleinste Lederpartikel von Arbeits- oder Schutzhandschuhen, die man bei Fürsattl fand. Hinter einem Schrank. Mit DNA von ihm innen. Nur von ihm. Das Collier wie auch das Armband: aus den Schließfächern. Eindeutig. Die DNA am Pullover: seine. Nur seine. Kein Zweifel. Dazu Staub vom Tatort, wieder Feuerlöschschaumspuren.

Frau und Kinder konnten, nachdem sie belehrt worden waren, nicht bezeugen, dass er in der Nacht daheim gewesen war. Keiner hatte ihn gehört. Nicht abends, nicht früh. Aber er ist immer sehr leise, so seine Frau. Schläft nach dem Wirtshaus auch nicht bei mir, wegen Schnarchen. Also keine Beweise.

Und es kam noch dicker. Befund aus der IT: Mit den Reichweitenverlängerern war zuletzt der Bulli geknackt worden, eindeutiger Code. Ließ sich noch auslesen. Und, Schicksal besiegelt: Sein Handy war zur Tatzeit am Tatort gewesen.

Aber das hatte ich doch verloren. Oder verlegt. Dachte, ich hätte es im Büro vergessen. Oder hatte es auf dem Sims gelegen im Wohnzimmer? Weiß nicht mehr. Es war weg, machte mir aber keine Gedanken. Hatte auch keine Zeit, musste zum Karteln. Früh lag es dann im Briefkasten. Mit der Zeitung. Vor sieben noch. Hat mir wahrscheinlich ein Nachbar ... klingt verrückt, ja, ich weiß. Klang hilflos. Gegen die Lüge hat die Wahrheit keine Chance. Weil die Lüge stimmig ist, die Wahrheit oft voller Widersprüche. Aha, der große Unbekannte. Wo der überall auftaucht. Wie aus dem Nichts, immer. Kennen wir doch. Die Kollegen waren längst nicht mehr mitleidig, beinahe schon sarkastisch. Klaut der dir dein Handy. Und klaut dir dein Werkzeug. Klaut dir deine Klamotten unterm Arsch weg. Knackt dem Bess seinen Bulli. Seinen elektronisch gesicherten. Macht den Bruch. Bringt alles wieder zurück. Fein säuberlich. Deponiert ein paar Beutestücke so, dass sie gefunden werden müssen. Infiziert die Handschuhe ganz gewieft, steckt sie hintern Schrank. Mal ehrlich, das glaubste doch selber nicht. Was für ne wirre Geschichte. Der große Unbekannte. Wie oft der immer wieder herhalten muss.

Es reichte für U-Haft. Fürsattl fuhr ein. Bess hingegen war erst mal raus aus der Sache. Entlastet durch die Reichweitenverlängerer. Und durch Partikel der Arbeitshandschuhe, die man am Lenkrad fand. Mikroskopisch kleine Spaltlederreste.

Die Geschichte des großen Unbekannten wurde jetzt die Version des Anwalts. Denkbar ja, irgendwie. Aber nicht glaubhaft. Und die Vergangenheit Fürsattl–Bess, ehemalige Kollegen. Gab es da was, und wenn, was? Warum war Bess gegangen, hatte die Polizei verlassen? Woran hatten sie zusammen gearbeitet, gab es einmal Streit? War vielleicht Bess der Unbekannte? Wollte sich rächen? Für was?

Rätsel. Der Anwalt hatte zu tun. Wühlte in der Vergangenheit, konstruierte Geschichten.

•

Servus, Djorkovic.

Der saß qualmend im Verkaufsbüro der alten Tanke. Vorneraus überall Glas, eingekittet in T-Eisen, dick Ölfarbe drauf.

Servus, Meier. Mit dem Wagen noch zufrieden? Oder ist was dran?

Nee, super, alles okay.

Willst n Bier?

Ja, gib mir eins.

Auch noch bedienen, was? Djorkovic lachte, ließ die Füße oben. Bring mir auch eins mit. Deutete neben die Tür auf den Kühlschrank.

Sie öffneten die Flaschen, nulldrei, prosteten, tranken. Schwiegen.

Was gibt's?

Sag mal, äh. Meier machte eine Pause. Sagt dir der Name Suaschwili was? Wassiliy Suaschwili?

Schweigen. Vorsichtiges Schauen. Langsam: Suaschwili?

Ja, Suaschwili. Wassiliy Suaschwili.

Nee, nie gehört. Will ich auch nichts von hören, klingt nur nach Ärger.

Also sagt dir der Name was. Feststellung.

Schluss, kann ich nicht brauchen. Djorkovic sah ihn an, ohne Mienenspiel. Bis hier und keinen Schritt weiter, sagte der Blick. Meier verstand.

Suaschwili hat's erwischt. Haben ihn weggepustet.

Geht mich nichts an.

Ich brauch Ersatz.

Djorkovics Blick wurde neugierig. Verstand sofort. Witterte ein Geschäft. Ersatz?

Ja. Ersatz für Suaschwili. Bringt auch was. Siebzigdreißig.

Pause. Taxieren. Abwägen. Blind Pokern. Bluffen. Djorkovic hatte keine Ahnung, aber roch etwas. Größeres. Nee, sechzigvierzig.

Meier schüttelte den Kopf. Nein, siebzigdreißig. Dafür isses viel.

Heiß?

Wie man's sieht. Keine Drogen.

Schon mal gut. Was heißt viel?

Mio.

Eine?

Meier zeigte Daumen und Zeigefinger.

Puh. Okay, siebzigdreißig. Kurze Pause. Das Schließfachzeug? Der Kerl war nicht dumm. Konnte kombinieren.

Meier nickte.

Djorkovic blies. Du? Sah ihn an.

Ich zumindest hab's.

Dachte, das war n Bulle?

Ja. Der, der mich reingebracht hat.

Unschuldig. Djorko wusste Bescheid. Grinste. Respekt. Pause. Schweigen. Zwei Mio sind viel.

Hm. Zwei Taschen voll.

Nee, viel Geld.

Ja.

Muss ich erst sprechen. Kann ich nicht so. Bin ich zu klein für, viel zu klein.

Dacht ich mir, klar. Wie lange?

Gib mir Zeit. Drei Tage mindestens. Besser vier. Geht nicht am Telefon, weißt schon.

XV

Meier! Der war's! Klar steckte der dahinter. Wer sonst. Horst Meier. Nein, Toni, so hieß der. Toni Meier. Wirklich Toni, war keine Kurzform. Seine Eltern hatten ihn tatsächlich so genannt. War jetzt ja wieder draußen. Hat der clever gemacht.

Trotzdem: Den krieg ich. Der legt mich nicht aufs Kreuz! Fürsattl saß auf der Pritsche und sah die Wand an. Dummköpfe alles, die hier gesessen hatten vorher. So viel Müll an die Wände gekritzelt, geschmiert. Auch noch falsch geschrieben vieles davon. Oder geritzt.

Hat er ihm abgeschaut, der Meier. Eindringen in die Wohnung, die Garage, die Werkstatt. Sachen mitnehmen, kontaminieren, wieder zurückbringen. Spuren legen, die eindeutig sind. Fehlende Alibis ausnutzen. Aber konnte Meier ihm bei dem Mädel noch etwas beweisen? Jetzt, nach all den Jahren? Nein, sicher nicht. Der Peugeot des Mädels, in dem er sie transportiert hatte, war längst weg. Der Meier konnte behaupten, was er wollte, das letzte echte Beweisstück gegen ihn, Fürsattl, existierte nicht mehr. Ein Sonnenfleck entstand drüben an der Wand. Wanderte, langsam. Nein, lange wollte Fürsattl hier nicht sitzen. Wenn das der Meier gewesen war mit dem Bruch, war ihm das nachzuweisen. Wo trieb der sich rum? Wo war der in der Nacht gewesen? Da fand sich doch sicherlich eine Spur irgendwo, irgendwer hatte den doch gesehen. Der hatte ja auch gesessen, für Mord. War verurteilt worden. Und uneinsichtig war er auch gewesen, hatte bis zum Schluss alles geleugnet. Dem glaubte ja eh niemand mehr.

Ja, so würde er rauskommen hier. Sie mussten den Meier finden und festnehmen. Verhören. Und Spuren suchen. Alles sprach dafür, dass es Meier war. War so offensichtlich. Er, Fürsattl, hatte ihn letztlich ja reingebracht, er hatte ihn überführt. Die Beweise rangeschafft. Die Kippen, den Knüppel. War ja alles gerichtsfest. Ja, der hatte ein Motiv. Fürsattl rief nach dem Wachhabenden. Sein Anwalt solle kommen. Und Zeit mitbringen.

Er streckte sich auf seiner Pritsche aus. Unbequem, aber mit den Händen hinter dem Kopf ging's. Der Sonnenfleck wanderte weiter. Unmerklich, wenn man hinsah, aber doch, wenn man wieder hinsah nach kurzer Zeit. Staubfäden an der Decke. Machte hier niemand weg, bis an die Decke hinauf aber kritzelte auch niemand. Fürsattl döste vor sich hin, spürte fast Glück.

Sah die Bilder vor sich. Lange nicht mehr gesehen, erfolgreich verdrängt all die Jahre. Konnte er gut ... Jutta Egner, die Lehrerin. Die Blonde, die Vollbusige, die Hübsche. Wie er sie kennengelernt hatte, ihr geholfen hatte. Regale anbringen, beim Fahrradreparieren, beim Wasserhahn im Garten. Zeug halt. Wie sie gesessen hatten am Küchentisch, auch mal im Café. Wie sie sich langsam einschlich bei ihm, in sein Gefühl. Wie er es merkte und wehrlos dagegen war. Die Kontrolle verlor. Er war doch verheiratet. Wie er sie haben wollte irgendwann, es nicht mehr aushielt, sie ihn aber abwies, es ihm erklärte. Wie er sie nahm, sie sich wehrte. Wie er abließ. Und sie lachte. Ihn verlachte. Wie weh das tat, dass sie nicht wollte. Ihn nicht wollte. Wie es brannte, wie er brannte. Und wie er plante. Wie sie ihn mitnahm abends an der Straße, wo er stand. Im Regen. Wo sie ja immer vorbeikam, was er wusste. Was willst du denn damit, hatte sie noch gefragt, als er einstieg und deutete auf den Prügel. Wie er sie fasste und vor die Wahl stellte. Ihr Nein. Wie er sie aus dem Auto zog, in den Wald. Und dann mit dem Prügel. Und so gelacht. Fünf Schläge brauchte er, bis sie still war. Sich nicht mehr bewegte. Endlich. Endgültig.

Warum den Meier? War reiner Zufall. Weil's sich so ergeben hatte. Weil der so blöd gewesen war beim DNA-Test. Der ihn so geringschätzig angesehen hatte. Typischer Blöder-Bulle-gehst-mir-sowas-von-auf-den-Geist-Blick war das gewesen. Wie auf einen Hundehaufen. Deshalb hatte er ihn ausgesucht. Sich gerächt. Auch weil seine Garage offen stand, er es ihm leicht gemacht hat. Und weil er rauchte und dann die Kippen einfach wegschmiss. Seine DNA war ja in der Datei, von dem Mord an dem Mädchen. Hatte er ja abgegeben, wie viele damals. Den Mörder hatten sie nie gefunden, aber Meiers DNA war amtlich. Der blöde Meier. Blödmeier. Hatte dann auch alles geklappt.

Ha! Will sich rächen.

Ha! Jetzt komm erst mal ich!

Ha!

●

Den müssen Sie suchen, sagte er dem Anwalt, als der da war. Ist ein Mörder. Zwölf hat er gekriegt, zehn Jahre davon hat er gesessen. Jetzt ist er wieder raus. Und rächt sich. Der steckt dahinter. Garantiert. Der hasst mich. Wenn das kein Motiv ist. Und hat im Knast viel gelernt.

Der Anwalt schrieb mit. Irgendwelche Anhaltspunkte? Hat er gedroht beispielsweise, damals, meine ich?

Nein.

Aber die brauche ich, sonst ergibt das keinen Sinn. Lieber den großen Unbekannten auftreten lassen und die Beweiskette infrage stellen. Vielleicht mal im Geheimen einen Verdacht äußern, bei Kollegen das streuen, privat. Aber nicht offensiv. Nimmt uns doch niemand ab.

Verstehe. Dann machen wir das so.

Wird aber nicht einfach, das muss Ihnen klar sein. Die Beweislage ist ziemlich erdrückend. Überall Spuren von Ihnen, DNA.

Ist mir schon klar.

Aber immerhin, es ist ein Strohhalm. Die müssen beweisen, nicht wir. Wir müssen deren Version anzweifeln und das sinnvoll, also denkbar, begründet. Nur da liegt unsere Chance.

·

Zwei Tage später erhielt Fürsattl ein Kuvert. Zwei Bilder drin. Fotos, Farbausdrucke. Das erste ein roter Peugeot Partner, halb abgedeckt irgendwo in einem Schuppen. Das zweite: dunkle Flecken auf dem Rücksitzpolster, ein Pfeil aufgemalt, der auf die Flecken zeigte. Jetzt war er gefangen. Ja Hölle! Der hatte ihn in der Hand! Den konnte er nicht mehr ins Spiel bringen. Keine Chance. Dann wäre er plötzlich der Mörder, käme nie wieder raus. Was für eine Ratte, der Meier!

·

Irgendwann in den darauffolgenden Tagen sah man noch einmal Meier, wie der die Straßenseite hinüber in die Schweiz wechselte, so wie schon mal zuvor. Unsichtbar. Kleiner, unscheinbarer Beamter mit Umhängetasche. Dann zog er wieder in das Haus an der Bahn. Arrangierte sich mit den Nachbarn, ließ sich ankläffen vom Nachbarhund. Immer ein leises Lächeln, innerlich.

·

Fürsattl bekam achteinhalb Jahre, im dritten Jahr hängte er sich auf. Mit Bettlakenstreifen am Fenstergitter. Da ließ Meier den Peugeot verschrotten.

•

Er eröffnete ein kleines Unternehmen für schwedische Fenster und Fenstergriffe, Import, Verkauf, damit war er legal. Djorkovic schloss seine Autowerkstatt und ging zurück in die Heimat, baute sich dort ein Haus. Mit den Studenten hielt Meier noch über Jahre Freundschaft. Als sie sich dann in alle Winde verstreuten, kaufte er vom Bauern den Hof und zog dahin um. So hatte er auch ein Lager für die Fenster. Beim Schrotthändler Lubanski wurde er Stammkunde, denn irgendwas konnte er immer gebrauchen, und wenn es ein Schweißgerät war. Oft saßen sie vor seinem aufgebockten Wohnwagen und tranken das eine oder andere Bier. Und eines Tages lief ihm auch Katja, die Übersetzerin, über den Weg, die damals mit ihrer Ente liegen geblieben war und ihm Quartier geboten hatte. Doch das ist eine andere Geschichte.

•

Von der Beute tauchte nie etwas auf.